BIBLIOTHÈQUE
DE L'ÉCOLE
DES HAUTES ÉTUDES

PUBLIÉE SOUS LES AUSPICES
DU MINISTÈRE DE L'INSTRUCTION PUBLIQUE

SCIENCES PHILOLOGIQUES ET HISTORIQUES

VINGT-TROISIÈME FASCICULE

HAURVATÂT ET AMERETÂT, ESSAI SUR LA MYTHOLOGIE DE L'AVESTA,
PAR JAMES DARMESTETER,
ÉLÈVE DE L'ÉCOLE PRATIQUE DES HAUTES ÉTUDES.

PARIS
LIBRAIRIE A. FRANCK
F. VIEWEG, PROPRIÉTAIRE
RUE RICHELIEU, 67
1875

EN VENTE A LA MÊME LIBRAIRIE.

AUBER. Histoire et Théorie du symbolisme religieux avant et depuis le Christianisme. 4 forts volumes in-8°. 28 fr.

BIBLIOTHÈQUE DE L'ÉCOLE PRATIQUE DES HAUTES ÉTUDES, publiée sous les auspices de S. E. M. le Ministre de l'Instruction publique.

1er fascicule : La Stratification du langage, par Max Müller, traduit par M. Havet, élève de l'Ecole des Hautes Etudes. — La Chronologie dans la formation des langues indo-germaniques, par G. Curtius, traduit par M. Bergaigne, répétiteur à l'Ecole des Hautes Etudes. 4 fr.

2e fascicule : Etudes sur les Pagi de la Gaule, par A. Longnon, élève de l'Ecole des Hautes Etudes. 3 fr.

3e fascicule : Notes critiques sur Colluthus, par Ed. Tournier, directeur d'études adjoint à l'Ecole des Hautes Etudes. 1 fr. 50

4e fascicule. Nouvel Essai sur la formation du pluriel brisé en arabe, par Stanislas Guyard, répétiteur à l'Ecole des Hautes Etudes. 2 fr.

5e fascicule : Anciens glossaires romans, corrigés et expliqués par F. Diez. Traduit par A. Bauer, élève de l'Ecole des Hautes Etudes. 4 fr. 75

6e fascicule : Des formes de la conjugaison en égyptien antique, en démotique et en copte, par G. Maspero, répétiteur à l'Ecole des Hautes Etudes. 10 fr.

7e fascicule : la Vie de Saint Alexis, textes des XIe, XIIe, XIIIe et XIVe siècles, publiés par G. Paris et L. Pannier. 15 fr.

8e fascicule : Etudes critiques sur les sources de l'histoire mérovingienne, par M. Gabriel Monod, directeur-adjoint à l'Ecole des Hautes Etudes, et par les membres de la Conférence d'histoire. 6 fr.

9e fascicule : Le Bhâminî-Vilâsa, texte sanscrit, publié avec une traduction et des notes par Abel Bergaigne, répétiteur à l'Ecole des Hautes Etudes. 8 fr.

10e fascicule : Exercices critiques de la Conférence de philologie grecque, recueillis et rédigés par E. Tournier, directeur d'études adjoint. Livraisons 1 à 11. 8 fr. 50

11e fascicule : Etudes sur les Pagi de la Gaule, par A. Longnon. 2e partie : les Pagi du diocèse de Reims, avec 4 cartes. 7 fr. 50

12e fascicule : Du genre épistolaire chez les anciens Egyptiens de l'époque pharaonique, par G. Maspero, répétiteur à l'Ecole des Hautes Etudes. 10 fr.

13e fascicule : La Procédure de la Lex Salica. Etude sur le droit Frank (la fidejussio dans la législation franke; — les Sacebarons; — la glosse malbergique), travaux de M. R. Sohm, professeur à l'Université de Strasbourg, traduits par M. Thévenin, répétiteur à l'Ecole des Hautes Etudes. 7 fr.

14e fascicule : Itinéraire des Dix mille. Etude topographique par M. F. Robiou, directeur-adjoint à l'Ecole des Hautes Etudes, avec 3 cartes. 6 fr.

15e fascicule : Etude sur Pline le jeune, par Th. Mommsen, traduit par M. C. Morel, répétiteur à l'Ecole des Hautes Etudes. 4 fr.

16e fascicule : Du C dans les langues romanes, par M. Ch. Joret, ancien élève de l'Ecole des Hautes Etudes, professeur agrégé au lycée Charlemagne. 12 fr.

17e fascicule : Cicéron. Epistolæ ad Familiares. Notice sur un manuscrit du XIIe siècle par Charles Thurot, membre de l'Institut, directeur de la Conférence de philologie latine à l'Ecole pratique des Hautes Etudes. 2 fr.

18e fascicule : Etude sur les Comtes et Vicomtes de Limoges antérieurs à l'an 1000, par M. R. de Lasteyrie, élève de l'Ecole des Hautes Etudes. 5 fr.

19e fascicule : De la formation des mots composés en français, par M. Darmesteter, répétiteur à l'Ecole des Hautes Etudes. 12 fr.

20e fascicule : Quintilien, institution oratoire, collation d'un manuscrit du Xe siècle, par Emile Châtelain et Jules Le Coultre, licenciés ès-lettres, élèves de l'Ecole pratique des Hautes Etudes. 3 fr.

21e fascicule : Hymne à Ammon-Ra des papyrus égyptiens du musée de Boulaq, traduit et commenté par Eugène Grébaut, élève de l'Ecole des Hautes Etudes, avocat à la Cour d'appel de Paris. 22 fr.

22e fascicule : Pleurs de Philippe le Solitaire, poème en vers politiques publié dans le texte pour la première fois d'après six mss. de la Bibliothèque nationale par l'abbé Emmanuel Auvray, licencié ès-lettres, professeur au petit séminaire du Mont-aux-Malades. 3 fr. 75

23e fascicule : Haurvatât et Ameretât. Essai sur la mythologie de l'Avesta, par James Darmesteter, élève de l'Ecole pratique des Hautes Etudes. 4 fr.

Fascicules sous presse.

La Déclinaison latine, par M. F. Bücheler, avec additions de l'auteur. Traduit de l'allemand et annoté par M. L. Havet, répétiteur à l'Ecole des Hautes Etudes.

Histoire de la ville de St-Omer et de ses institutions jusqu'au XIVe siècle, par A. Giry.

Matériaux pour servir à l'histoire de la philosophie de l'Inde, par Paul Regnaud.

Etudes homériques, par F. Robiou.

Anîs el 'Ochchâq. Traité des termes figurés relatifs à la description de la beauté par Cheref-ed-dîn Râmi, traduit et annoté par C. Huart.

BIBLIOTHÈQUE
DE L'ÉCOLE
DES HAUTES ÉTUDES

PUBLIÉE SOUS LES AUSPICES
DU MINISTÈRE DE L'INSTRUCTION PUBLIQUE

SCIENCES PHILOLOGIQUES ET HISTORIQUES

VINGT-TROISIÈME FASCICULE

HAURVATÂṬ ET AMERETÂṬ, ESSAI SUR LA MYTHOLOGIE DE L'AVESTA,
PAR JAMES DARMESTETER,
ÉLÈVE DE L'ÉCOLE PRATIQUE DES HAUTES ÉTUDES.

PARIS
LIBRAIRIE A. FRANCK
F. VIEWEG, PROPRIÉTAIRE
RUE RICHELIEU, 67
1875

HAURVATÂṬ ET AMERETÂṬ

ESSAI

SUR LA MYTHOLOGIE DE L'AVESTA

PAR

JAMES DARMESTETER

ÉLÈVE DE L'ÉCOLE PRATIQUE DES HAUTES ÉTUDES

Paitistâtêê yaçkahêca mahrkahêca (Vendidad, 20, 13). — *Pour résister à la maladie et à la mort.*

PARIS

LIBRAIRIE A. FRANCK

F. VIEWEG, PROPRIÉTAIRE

67, RUE RICHELIEU

1875

Sur l'avis de M. *Michel Bréal*, Directeur de la Conférence de *Grammaire comparée*, et de MM. *Bergaigne* et *Guyard*, Commissaires responsables, le présent mémoire a valu à M. James Darmesteter le titre d'Élève diplômé de la Section d'Histoire et de Philologie de l'École pratique des Hautes Études.

Paris, le 21 mars 1875.

Le Directeur de la Conférence de Grammaire comparée,

Signé : M. Bréal.

Les Commissaires responsables,

Signé : A. Bergaigne et St. Guyard.

Le Président de la Section,

Signé : L. Renier.

A MONSIEUR

MICHEL BRÉAL,

PROFESSEUR AU COLLÉGE DE FRANCE

INTRODUCTION.

§ 1. Au dessous d'Ahura Mazda, maître suprême de la création, le Mazdéisme place six divinités, six *Amesha-Çpeñta*[1] ou Saints Immortels, qui président chacun à une partie de la création. Les quatre premiers sont *Vohu-manô*, qui veille sur les troupeaux; *Asha-vahista*, sur le feu; *Çpeñta-ârmaiti*, sur la terre; *Khshathra-vairya*, sur les métaux. Mais en même temps qu'ils règnent sur un élément, ils personnifient une abstraction dont ils portent le nom : en effet, *Vohu-manô* signifie la *Bonne Pensée; Asha-vahista,* la *Pureté parfaite; Çpeñta-ârmaiti*, la *Sainte Piété; Khshathra-vairya*, la *Royauté adorable*.

Les deux derniers sont *Haurvatât* et *Ameretât :* ils font l'objet du travail qui suit.

§ 2. Voici comment le savant traducteur de l'Avesta, M. Spiegel, résume les textes qui concernent ces deux divinités.

« Il nous reste à examiner deux Amesha-çpeñtas qui sont d'or-
» dinaire nommés ensemble, et que pour cette raison nous exa-
» minerons ensemble. Ils se nomment *Haurvatât* et *Ameretât*.
» Leurs noms, comme celui des autres Amshaspands, sont des
» abstractions et peuvent à peu près se traduire *Totalité* et
» *Immortalité* (Allheit und Unsterblichkeit). J'ai souvent rendu
» le premier par « Abondance » (Fülle). Les deux noms se trou-
» vent souvent employés comme abstraits, cf. *Yaçna,* 3, 2;
» 31, 6; 32, 5, etc. Selon les Parses, Haurvatâ*t* est le maître
» des eaux, Ameretâ*t* le maître des plantes ; Plutarque nomme le
» premier θεὸν πλούτου, le second ἐπὶ καλοῖς ἡδέων. Je crois qu'il

1. Chez les Parses, *Amschaspands*.

» est permis de les définir comme étant les génies des jouissances » des sens, du manger et du boire; ainsi, l'on voit *Yast* 19, 96, » qu'ils vainquent la Faim et la Soif. Mais en dehors des invoca- » tions générales, on ne trouve pas grand chose qui puisse nous » permettre des conclusions précises sur la nature de ces deux » divinités. Dans le deuxième Yt. § 3, et dans le premier *Sîroza*, » §§ 6-7, Haurvatât est mis en rapport avec la *Bonne Habita-* » *tion* (dem guten Wohnen), Ameretât avec les pâturages, ce » qui s'explique suffisamment par leurs propriétés : l'eau est » partout une condition essentielle d'une bonne habitation, et, dans » une contrée pauvre en eau comme l'Iran, elle est plus que par- » tout ailleurs la bien-venue; d'autre part, un peuple adonné à » l'agriculture et à l'élève des troupeaux devait estimer le génie » des plantes surtout comme protecteur des grains et des pâtu- » rages. — Haurvatât et Ameretât ont pour adversaires les démons » Tauru et Zairica... Du *Yast* 19, 96, il faut conclure peut-être » que ces démons sont identiques à la faim et à la soif[1]. »

§ 3. Ce résumé ne laisse pas à l'esprit une idée bien nette : cela tient à ce que l'auteur n'a pas essayé de classer les données des textes, de distinguer les attributs anciens et primitifs des attributs récents et dérivés, en un mot d'en faire l'histoire.

Le travail suivant a pour objet de combler cette lacune; il comprend deux parties: dans la première, on essaiera de montrer que les deux divinités dont il s'agit ont une *histoire*, c'est-à-dire qu'elles n'ont pas été tout d'abord ce qu'elles sont aujourd'hui; on cherchera donc à remonter la série de leurs *transformations* jusqu'à l'époque de leur *formation*, et à déterminer les *éléments* dont le concours leur a donné naissance; dans la seconde partie, on essaiera de montrer que ces éléments existaient déjà dans la période indo-iranienne, c'est-à-dire dans la période où les Ariens de la Perse et les Ariens de l'Inde, déjà séparés des Ariens d'Europe, ne formaient encore qu'un seul peuple, professant une même religion.

1. Traduction de l'Avesta, III, pp. 11 et 48 de l'Introduction.

HAURVATÂ*T* ET AMERETÂ*T*.

ESSAI SUR LA MYTHOLOGIE DE L'AVESTA.

Paitistâtêê yaçkahêca mahrkahêca (*Vendidad*, 20, 13).—*Pour résister à la maladie et à la mort.*

PREMIÈRE PARTIE.

§ 4. Quand l'on étudie un Amshaspand, quel qu'il soit, trois questions se posent :

1° Quel est son attribut matériel?

2° Quelle est sa valeur abstraite (cf. § 1)?

3° Quel est le rapport de cet attribut et de cette valeur?

Dans le cas particulier, une quatrième question se pose : comment s'est faite l'union étroite des deux divinités que nous considérons? Mais cette question n'a pas à s'étudier à part. Cette union en effet s'est produite soit par la parenté des attributs matériels, soit par celle des valeurs abstraites, soit par l'une et l'autre : la solution de cette question se trouve donc contenue dans celle des précédentes.

CHAPITRE PREMIER.

Attributs matériels de Haurvatât et d'Ameretât.

I.

§ 5. Un trait extérieur donne à première vue une place à part dans le groupe des Amshaspands à Haurvatât et Ameretât. Contrairement à leurs quatre collègues qui ont chacun une existence individuelle et indépendante, ces deux divinités paraissent presque constamment réunies et la présence de l'une annonce celle de l'autre; le lien qui les unit est aussi étroit que celui de Castor et Pollux dans la poésie grecque, plus étroit que celui de Mitra et Varuna dans la poésie védique : elles font couple. Cette union intime est marquée au dehors dans leur nom même, par les désinences du *dvandva,* c'est-à-dire que chacun des deux noms se met au duel, le duel indiquant, non point que chacun des deux dieux est double, mais seulement qu'il fait couple avec l'autre. De même donc qu'en sanscrit védique, la phrase « caxur *mitrayor* â eti priyam *varunayoh*[1] » ne signifie point : « il s'avance, le doux regard *des deux Mitra, des deux Varuna* », mais : « le doux regard *des deux dieux, Mitra et Varuna* »; de même dans l'Avesta, la formule d'invocation « Niyaêdhayêmi..... *Haurvatbya Ameretatbya*[2] » ne signifie point : « j'invoque *les deux Haurvatât, les deux Ameretât* », mais « j'invoque *les deux, Haurvatât et Ameretât* », j'invoque *le couple Haurvatât-Ameretât*. La désinence du duel ajoutée à chacun des deux termes indique qu'ils ne s'appartiennent plus à eux-mêmes, qu'ils ne sont plus que les membres d'un groupe.

§ 6. Sur le rôle des Amshaspands en général, l'Avesta, comme

1. Rig Veda VI, 51, 1. — Cf. E. Burnouf, *Commentaire sur le Yaçna,* p. 159.

2. *Yaçna* 1, 5. — Les citations sont faites suivant l'édition de M. Spiegel pour le Yaçna, le Vispered, le Vendidad, pour la traduction sanscrite de Nériosengh et pour la traduction pehlvie; suivant celle de M. Westergaard pour les Yasts et les fragments.

on sait, est fort discret. Des renseignements directs, nulle part, pour aucun d'eux ; indirects, çà et là, pour un ou deux. Quand Yima perce *la terre* de sa lance d'or et lui dit : « amicalement, ô *Çpenta-ârmaiti*, avance, étends-toi [1] » ; l'on voit aussitôt, sans qu'il soit besoin de la tradition, que *Çpenta-ârmaiti* est le génie de la terre. Pour Haurvatât et Ameretât rien de pareil ; nul texte qui énonce leurs attributs ou les fasse entendre ; il ne suffit point, pour nous les faire connaître, de répéter une dizaine de fois : « J'invoque Haurvatât et Ameretât », y joignît-on la variante : « J'invoque Haurvatât, pur, maître de pureté ; j'invoque Ameretât, pur, maître de pureté [2] ». La tradition heureusement en sait ou du moins en dit plus long que le rituel :

Avirdâdanâmânam amaram, dit la traduction sanscrite du Yaçna [3], *apâm patim ;* c.-à-d. Avirdâda [4], amshaspand, maître des eaux ;

Amirdâdanâmânam amaram, vanaspatînâm patim ; c.-à-d. Amirdâda, amshaspand, maître des arbres.

Demandons aux *Patets* [5] les crimes que l'on peut commettre envers *Khordâd* et *Amurdâd* [6] ; nous apprendrons par cela même ce qu'ils sont.

Je me repens, dit le Patet Irânî, « de tout péché que j'ai com- » mis à l'égard du Ciel contre l'Amschaspand Khordad, à l'égard

1. Hô *imâm zâm* aiwishwat çuwraya zaranaênya....: fritha *çpeñta ârmaitê* fraca shava. — Vendidad II, 32.

2. Yç. 17, 17 ; 70, 57, etc.

3. Nériosengh I, 5.

4. Haurvatât est devenu en pehlvi *Khordat* et en parsi *Khordâd*. Nériosengh emploie constamment *Avirdâda*, forme phonétiquement inexplicable. Si l'on ne savait d'ailleurs que sa traduction sanscrite a été faite sur un original pehlvi, cette forme en serait, je crois, une preuve matérielle. Le pehlvi n'ayant qu'un seul caractère pour rendre *kh* et *a, o* et *v* et souvent *t* et *d*, il s'ensuit que le groupe pehlvi qui représente le mot khordâd peut aussi bien se transcrire AV-RD-D que KHORD-T. *Avirdâda* est une forme vocalisée du premier groupe, et Nériosengh l'a choisie parce qu'elle avait l'avantage d'être symétrique à *Amirdâda ;* c'est donc la transcription d'une écriture et non d'une prononciation. L'*â* a été amené par celui de *amirdâda* et par celui de l'original *haurvatât* que Nériosengh lit *hauravatât* (17, 17).

5. « Le mot *Patet* signifie proprement *repentir*. Les Patets sont des confessions qui spécifient tous les péchés que l'homme peut commettre ». Anquetil, *Zend-Avesta*, II, 28. C'est le zend *paitita*, littéralement *retour*.

6. Forme parsie du mot *Ameretât*.

» de ce Monde contre les eaux et contre les différentes sortes » d'eaux : si j'ai versé de l'eau sur un mort; si en me réveillant » avant que d'avoir purifié mes mains avec de l'urine [1] je les ai » lavées dans l'eau courante; si j'ai versé de l'eau sur ce (qui » était) Daschtan [2] ou si j'ai jeté quelque her ou nesa [3] dans » l'eau courante; si j'y ai jeté de la salive, de la morve; si je me » suis lavé dans l'eau courante la tête, la main, le visage lors- » qu'ils étaient déjà purs; de manière que les purs, les saints et » l'Amschaspand Khordad soient irrités contre moi. »

Je me repens de « tout péché que j'ai commis à l'égard du Ciel » contre l'Amschaspand Amerdad, à l'égard de ce Monde contre » les arbres et contre les différentes espèces d'arbres : si j'ai » coupé les arbres non fruitiers ou fruitiers, (lorsqu'ils étaient » encore) jeunes [4]; si j'ai cueilli les fruits avant qu'ils fussent » mûrs; si j'ai éloigné des purs les médecins et les remèdes, pour » les donner aux impurs; si j'ai donné (les fruits) à manger aux » impurs, et les ai ôtés aux purs; de manière que les purs, les » saints et l'Amschaspand Amerdad soient irrités contre moi [5]. »

Les péchés commis contre Khordâd et Amurdâd sont donc les péchés commis envers les eaux et les plantes. C'est ce que résume brièvement le *Khod Patet* en ces mots :

« Je me repens des fautes que j'ai commises :

» Envers Asfendarmad (Çpeñta Ârmaiti, cf. § 1), envers la terre » et les diverses terres;

» Envers Khordâd, envers l'eau et les diverses eaux;

» Envers Amurdâd, envers la plante et les diverses plantes [6]. »

Ces textes suffisent pour établir que pour les Parses, Khordâd et Amurdâd sont les génies des eaux et des plantes (cf. § 38 note).

1. Sur la valeur *religieuse* et *mythique* de l'urine de bœuf, voir Anquetil II, 601.

2. État d'impureté de la femme. V. Spiegel, *Avesta* II, XLIV.

3. « *Her*, excréments, urines, portions du corps de l'homme vivant, » comme ongles, cheveux, etc. Devient *Her nesa* quand il est mort. » Anquetil II, 693.

4. Cf. Yast XXII, 13.

5. Traduction d'Anquetil II, 44. J'ai cru bon de reproduire la traduction d'Anquetil malgré quelques inexactitudes de détail, puisque dans ce paragraphe la parole est aux Parses.

6. Andar asfendarmad, zemîn, uzemîn sardgân
andar khordâd, âv, âv sardgân
andar amurdâd, urvar, urvar sardgân (Spiegel, *Grammaire Parsie*, p. 157).

§ 7. Cette donnée, que l'Avesta ne fournit point directement, du moins il la confirme par des traits concordants, qui prouvent que les Parses sont dans le vrai.

1°. « Quel est l'*Ashem-vôhu*[1], demande Zoroastre, qui en vaut dix autres en grandeur, en sainteté, en excellence? — C'est, répond Ahura, celui qu'un homme, au moment de manger, récite à Haurvatât et à Ameretât[2]. » — Génies des eaux et des plantes, ils sont tout naturellement désignés pour présider à la nourriture de l'homme.

2°. Dans les chapitres liturgiques du commencement du Yaçna, le prêtre, invoquant les différentes matières du sacrifice, dit : « je célèbre et j'invoque le Bareçma élevé sur son support, avec les zaothra (libations) ; (j'invoque) l'aliment du Myazda, (j'invoque) *haurvatât ameretât*[3]. Comme dans l'hémistiche de Virgile : *hesterno inflatus Iaccho*, Bacchus n'est plus le dieu du vin, mais le vin même ; de même, dans cette invocation, *haurvatât* et *ameretât* ne sont plus les génies des eaux et des bois, mais l'eau même et le bois du sacrifice ; *avirdâda*, dit Nériosengh, c'est *l'eau ; amirdâda*, c'est *le bois* : « Avirdâdam udakam, Amirdâdamca vanaspatim[4]. »

Un pareil emploi n'est possible que si l'attribut matériel est devenu tellement essentiel à la divinité que le nom de celle-ci évoque aussitôt l'idée de l'objet sur lequel elle règne. L'exemple précédent prouve donc qu'au temps où furent composées les parties liturgiques du Yaçna, l'idée de l'eau et de la plante était devenue aussi inséparable du nom de Haurvatât et d'Ameretât que l'idée du vin l'est du nom de Bacchus[5].

1. Prière ainsi nommée des deux mots qui la commencent.

2. Kà aêva ashô-çtûitis yâ daça anyaêshãm ashô-çtûtanãm maçanaca vanhanaca çrayanaca aregaiti. — paiti-sê aokhta ahurô mazdâo. hâu bâ ashâum zarathustra yãm nâ franhareta haurvatbya ameretatbya ashem çtaoiti Yt. xxi, 6-7. — Je regarde *ashem çtaoiti* comme formant un verbe composé ; c'est le dénominatif de *ashô çtûitis*, le mot technique pour la récitation de l'*ashem*. La phrase signifie mot à mot : quae est *ashi-recitatio*...? — Haec quam vir comesor (comedens) *ashi-recitat*. Selon le *Sad-der* (20, 22. Hyde, *veterum Persarum religio*) par chaque bouchée mangée avec prière, on s'assure au jour du jugement dernier l'intercession de Khordâd et d'Amurdâd pour autant de fautes commises.

3. bareçmana paiti-bareta hadhazaothra... — qarethem myazdem âyêçê yêsti haurvâta ameretâta Yç. III 1, 2. Bareçma ou Barsom : rameaux sacrés ; myazda : chair du sacrifice (c'est le *miyedha* védique).

4. Nériosengh III, 2.

5. Notons ici un exemple de l'action que l'association des idées peut

§ 8. La première citation du précédent paragraphe nous montrait Haurvatât et Ameretât présidant à la nourriture de l'homme. Ceci nous explique un trait curieux de leur développement dans la période parsie. Suivant les Parses[1], « les justes protégés par ces Amschaspands seront rassasiés dans le Behescht (le paradis) sans manger[2]. » Les saints mazdéens, au temps de l'Avesta et même du Minokhired, avaient l'appétit plus exigeant, et sitôt que leur âme, échappée aux attaques du Daêvas, était arrivée auprès d'Ahura Mazda, celui-ci leur faisait servir par les célestes Izeds les aliments les plus exquis, l'huile de Maidyozarm[3]. Voici les intermédiaires de cette conception à la précédente.

1°. Quels sont les génies chargés de préparer ces aliments dont se repaissent les justes? Évidemment ce ne peuvent être que les génies qui « sur terre produisent tout ce qui est doux et bon dans l'eau, dans les arbres, et dans toute la nature[4]. » Donc Haurvatât et Ameretât nourrissent l'homme dans le ciel : « *Haurvatât* et *Ameretât*, dit en personne Ahura-Mazda, sont le salaire des purs qui passent dans l'autre vie : *mîjdem ashâunãm parô-açti ġaçeñtãm*[5]. » Peut-être le texte est-il même plus net et plus catégorique : peut-être faut-il lire *myazdem* au lieu de *mîjdem* et traduire : sont *l'aliment* des purs, au lieu de : sont la récompense. L'édition de M. Westergaard ne donne point, il est vrai, cette variante : mais la traduction d'Anquetil (« qui donnent le Miezd aux purs ») en suppose l'existence. Nous trouverons plus loin la même idée exprimée dans la partie de l'Avesta dont la rédaction est la plus ancienne, dans les Gâthâs (v. § 35).

exercer sur la phonétique. *Haurva* est devenu dans les dialectes modernes *har*; *haurvatât* devait donner *hardâd* ou *hordâd*. Mais *h* zend peut devenir *kh* (cf. *Khosru* = zend *Huçravas*, à côté de *hunar* «mérite» = zend *hunara*). L'idée de Haurvatât éveillant celle d'aliments, le mot **hordâd* éveilla le souvenir du verbe *khordan* manger, et ce souvenir détermina le *kh* de Khordâd (cf. la deuxième note du § 30).

1. Du XVIIIe siècle. Mais la doctrine remonte sans doute infiniment plus haut. Au point de vue purement logique, elle est née en même temps que la glose du Bundehesh : *Khorasn lâ apâyat*. Voir plus bas, même paragraphe.

2. Anquetil, Mémoires de l'Académie des Inscriptions et Belles-Lettres, tome XXXIV, page 393.

3. qarethanâm baretanâm zaremayêhê raoghnahê. *Yt.* XXII, 18. vas qaresn qastum, â i maidyozarm raogan havas barît. Minokhired, éd. West II, 152.

4. Anquetil *l. c.*

5. Yt. 1, 25.

2°. Le Parsisme ne cessant de spiritualiser ses dogmes, un moment arriva où les docteurs durent se demander s'il est séant de récompenser la vertu du juste par les jouissances du gourmet, et d'une façon plus générale, s'il est séant que des êtres célestes se nourrissent comme les simples mortels. Il s'en suivit que les saints furent mis à jeun : la nourriture céleste devint tout idéale : on dit des habitants du Behesht ce que le Bundehesh dit des poissons divins qui gardent le Hom blanc : ils ont une nourriture céleste, c'est-à-dire qu'ils ne mangent point (mînoi khorasn hûmanad : aigh, khorasn lâ apâyat) [1]. Les justes, étant nourris dans le ciel, sont nourris *d'une nourriture céleste*; donc Haurvatâ*t* et Ameretâ*t* les rassasient sans qu'ils mangent : de là la formule d'Anquetil.

Mais les damnés de leur côté tenaient table :

yé âyat ashavanem divamnem hôi aparem khshayô
daregém âyû temańhô dusqarethém *avaêtâç vacô*[2].

« Celui qui essaie de tromper le Pur, à celui-là, après la mort, longue habitation dans les ténèbres, *nourriture déplaisante*, paroles d'insulte[3]. »

On leur servait du poison et des mets fétides [4] ; le Minokhired ajoute à leur menu des serpents, des scorpions et les autres *Kharvastars* qui sont dans l'enfer [5]. Même question se posa que pour le festin des justes : qui leur prépare ces aliments? La réponse va de soi : ce sont les adversaires de Haurvatâ*t* et d'Ameretâ*t* : « les Devs Tarikh et Zaretch (cf. §§ 2, 26) sont occupés à produire dans les arbres et dans les aliments l'amertume et d'autres mauvaises qualités et *en nourrissent les damnés*[6]. » Mais la scolastique parsie n'alla pas plus loin ; elle ne sut pas spiritualiser son enfer, et l'enfer resta matériel, quand le paradis ne l'était plus, comme le témoin d'un temps où celui-ci l'était également [7].

1. 42, 20 ; 43, 1. Dans les citations du Bundehesh, le premier chiffre indique la page, le second la ligne (Ed. Westergaard ou Justi).

2. Yç. 31, 20.

3. Voir la contre-partie de ces vers au § 31, 1.

4. qarethanâm hê beretanâm vishayâa*t*ca vishagaitayâa*t*ca. Yt. 22, 36.

5. mâr u gazdum u awarê kharvastar i pa dojakh. Minokhired II, 191.

6. Anquetil, *l. c.*

7. Même contradiction entre l'enfer des modernes et leur paradis. Fénelon a essayé de rétablir la symétrie, mais sans succès.

Depuis longtemps le Coran a remplacé l'Avesta ; les Iraniens, de Maz-

§ 9. Comme Ormuzd a son rival, Ahriman, ainsi chaque Amshaspand a son contre-amshaspand. Ceux de Haurvatâ*t* et d'Ameretâ*t* sont tout donnés; Haurvatâ*t*, génie des eaux, combattra la soif; reste à Ameretâ*t* à combattre la faim [1]. Ils terrasseront chacun leur ennemie dans cette lutte finale où le Sauveur, fils de Vîçpa-taurvi, viendra frapper « la Drukh mauvaise, à l'éclat sinistre, née des ténèbres » et où chacun des génies de la bonne création écrasera le génie contraire. « *Akem-manô* (la Mauvaise Pensée) frappe, mais *Vohu-manô* (la Bonne Pensée) le frappe à son tour; le Mensonge frappe, mais la Vérité le frappe

déens devenus pieux Musulmans, croient encore au *dusqarethem* sous d'autres noms: Parses et Persans, là-dessus, sont d'accord, dans le fond. C'est que la théorie de l'enfer est en réalité la même dans le Coran et dans l'Avesta. Si Ormuzd fait nourrir les infidèles de poison et de mets fétides, Allah les fait abreuver du *hhamîm* et du *ghassâq* (l'eau bouillante et le pus, chap. 38, 57; 78, 25); il les fait nourrir du Zaqqûm, cet arbre qui pousse au fond de l'enfer et dont les fruits sont des têtes de démons (37, 62). Ici, comme souvent, les croyances nouvelles que les Arabes apportaient aux Persans étaient pour ceux-ci de vieilles connaissances. Je ne veux point dire que l'enfer arabe soit un emprunt au Mazdéisme : je n'ai pas à m'occuper de l'origine de la conception arabe, je veux seulement noter l'identité fondamentale des deux conceptions. Les différences de détail étaient sans doute caractéristiques: mais comme ces différences étaient toutes à l'avantage du Coran, où les traits sont plus accentués et plus saillants, les Iraniens durent reconnaître dans l'enfer arabe leur propre enfer, mais dessiné d'une façon plus nette, en traits moins vagues, moins généraux, plus saisissants. Donc, tout en changeant de religion, leur idée de l'enfer ne changea point : le Coran ne fit que leur apporter sur le séjour des damnés des renseignements nouveaux et inédits, mais qui portaient en eux tout le caractère de la vérité, car ils concordaient avec l'ancienne description et la complétaient. Pour un lecteur des Gâthâs, ces deux choses qui attendaient le damné, *dusqarethem, avaetâç vacô*, nourriture déplaisante et paroles d'ironie (*vide supra* le texte), se trouvaient parfaitement expliquées dans ces lignes du Coran : « L'arbre du Zaqqûm sera la » nourriture du coupable. Il bouillonnera dans leurs entrailles comme » un métal fondu, comme bouillonne l'eau bouillante. On criera [aux » exécuteurs des œuvres de Dieu] : Saisissez le méchant, et précipitez- » le au fond de l'enfer, et versez sur sa tête le tourment d'eau bouil- » lante. Goûte ceci, [lui dira-t-on], tu es le Puissant, l'Illustre (44, 43 » sq. trad. Kazimirski). » Ici donc, le changement de religion n'est qu'apparent : le Coran continue la tradition Mazdéenne, qui persiste sans interruption. Nous trouverons plus loin un autre exemple de permanence, mais cette fois franchement mazdéenne et anti-islamique (§ 41).

1. Cf. toutefois § 40.

à son tour; Haurvatât et Ameretât frapperont la faim et la soif, Haurvatât et Ameretât frapperont la faim et la soif terribles [1]; il succombera, l'artisan du mal, Ahriman, frappé d'impuissance [2].»

Nous avons vu plus haut que les Parses opposent les devs Taric et Zaric à Haurvatât et Ameretât, et leur font produire tout ce qu'il y a de mauvais dans l'eau et dans les plantes. Dans le Bundehesh, ce rôle est encore attribué à Ahriman en personne [3], mais Taric et Zaric sont déjà les adversaires de nos deux génies qui les écrasent à la fin des siècles [4], et un passage de l'Avesta où sont énumérés les contre-amshaspands [5] met en dernière ligne Tauru [6] et Zairica. De là la question suivante : étant donné, d'une part, que Haurvatât et Ameretât combattent la faim et la soif, de l'autre, qu'ils combattent Tairic et Zairic, s'ensuit-il que Tairic et Zairic soient les Daêvas de la faim et de la soif? Pour répondre affirmativement, il faudrait établir d'abord que Haurvatât et Ameretât n'ont jamais eu d'autres attributs que ceux qu'ils possèdent aujourd'hui; car il se pourrait que leur hostilité contre Tairic et Zairic remontât à une période plus ancienne de leur histoire. Laissons donc pour l'instant la question sans réponse; nous ne pouvons hasarder d'hypothèse sur ce que sont nos deux démons, avant de savoir *tout* ce que sont nos deux génies.

1. M. Spiegel ne traduit pas cette dernière ligne qu'il regarde comme une glose. Je croirais plutôt qu'il n'y a dans cette répétition qu'un naïf procédé de rhétorique. L'idée, pour faire plus vive impression, revient à la charge avec le renfort d'une épithète. Dans le *bella, horrida bella* de Virgile, *horrida bella* n'est pas une glose.

2. Vanaiti akemcit manô vohu manô tat vanaiti. vanaiti mithaokhtô vâkhs erejukhdhô vâkhs tem vanaiti. vanât haurvàoçca ameretâoçca va shudhemca tarshnemca. vanât haurvàoçca ameretâoçca aghem shudhemca tarshnemca. frânâmâitê dujvarstâvares anrô mainyus akhshayamnô. Yt. XIX, 96.

3. Bundehesh, 43, 7.

4. Bundehesh, 5, 20; 76, 9.

5. Vendidad, 18. Le texte ne les cite pas comme tels; mais que l'on considère l'ordre de l'énumération : Anrô mainyu — Naçu — Añdra, Çauru, Nâonhaithya — Tauru, Zairica; — l'on voit qu'il suffit de remplacer Naçu par Akem-manô pour avoir la hiérarchie classique des contre-amshaspands.

6. La forme pehlvie Tairic est dérivée de Tauru sur l'analogie de Zairica.

II.

§ 10. Les exemples précédents nous ont montré Haurvatât et Ameretât constamment associés; d'où vient cette union?

Pour que deux divinités fassent couple, il faut que les objets auxquels elles président fassent couple; autrement dit, ce lien étroit que le Mazdéisme établit entre le génie des eaux et le génie des bois doit se retrouver établi entre les eaux et les bois; et si Haurvatât et Ameretât sont invoqués ensemble et agissent ensemble, les eaux et les bois doivent être invoqués ensemble et agir ensemble.

Les textes confirment cette induction. A quelque page qu'on ouvre l'Avesta, on n'a pas long à feuilleter pour trouver un exemple de ce nouveau dvandva[1]: *eaux et plantes*. Ce n'est point que partout où paraissent les eaux, les plantes suivent nécessairement; c'est ainsi que dans les Védas, Dyâus (le Ciel) peut paraître parfois sans sa compagne habituelle Pṛthivî (la Terre); ce n'est point non plus que partout où les eaux et les plantes sont réunies, elles excluent tout étranger de leur compagnie; Dyâus et Pṛthivî admettent bien dans leur intimité Antarixam (l'Atmosphère) et parfois même se trouvent séparés l'un de l'autre par un flot d'étrangers ou d'alliés lointains. Pour que deux objets fassent couple, il n'est point nécessaire qu'ils forment société *constante* et *exclusive;* il faut et il suffit qu'ils paraissent fréquemment réunis, comme sujets ou objets de mêmes actions, ou d'actions réciproques. Tel est le cas dans les Védas pour le Ciel et la Terre; tel dans l'Avesta pour les eaux et les plantes.

Elles sont invoquées ensemble :

« Je célèbre et j'invoque *toutes les eaux* créées par Mazda,
» pures;
» je célèbre et j'invoque *tous les arbres* créés par Mazda,
» purs[2]. » —

« Puisse Ahura régner à son gré *sur les eaux*, à son gré *sur*
» *les arbres*, à son gré sur tous les biens d'origine pure[3]. » —

1. J'emploie ce mot au sens de *couple*, réservant au dvandva des grammairiens le nom de *dvandva grammatical* ou *dvandva parfait*.

2. Viçpâo âpô mazdadhâtâo ashaonîs yazamaidê. viçpâo urvarâo mazdadhâtâo ashaonîs yazamaidê. Yç. 17, 71. Cf. 1, 39; 2, 49; 17, 50, etc.

3. (Vaçaçca tû ahura mazda ustâca khshaêsha havanãm dâmanãm) vaçô âpô vaçô urvarâo vaçô viçpa vohu ashacithra. Yç. 8, 11.

« Dis-moi », demande Zoroastre à Ahura, « dis-moi ...... qui » a fixé, pour qu'ils ne tombent, la terre et les êtres immobiles » (les astres); qui *les eaux et les arbres*[1]? »

Les prescriptions relatives aux eaux amènent à leur suite des prescriptions relatives aux arbres[2]; ce qui souille les uns souille les autres : l'endroit où l'on porte un mort doit être aussi loin que possible de toute eau et de tout arbre[3]; on doit veiller à ce que les oiseaux carnivores ne portent ses restes à l'eau ni aux arbres[4]. Eaux et arbres sont associés dans les cérémonies de purification et c'est aux essences des arbres odorants à achever l'œuvre des eaux[5]. Toute allusion à l'eau qui coule (*tacatâpô*) amène constamment dans le paragraphe qui suit l'arbre qui pousse (*ukhshyat-urvarâo*)[6].

Nous avons déjà rencontré plus haut (§ 7) le dvandva grammatical *haurvatâta ameretâta* désignant l'eau et le bois du sacrifice; ce dvandva est indirect et métaphorique, puisqu'il désigne les éléments, non par eux-mêmes, mais par l'intermédiaire et sous les traits des divinités qui les régissent. Mais l'Avesta nous offre aussi le dvandva direct et immédiat, dvandva parfait, formé des noms combinés des deux objets : quand Yima régnait sur la terre, dit Haoma, « il affranchit de la mort les

1. Kaçnâ deretâ zãmca adénabâoçca
avapaçtôis ké ãpô urvarâoçca. Yç. 43, 4.
2. Vendidad, 8, 300-304.
3. Id., 3, 50.
4. Id., 6, 97. Cf. Vd. 15, 33; 12, 8.
5. Id., 9, 129-130.
6. Yt. 13, 43. La constance de ce rapprochement permet de rétablir le texte avec une certitude absolue dans un passage de ce même Yast; il est dit au § 53 que les Férouers montrent une route aux eaux qui étaient longtemps restées *afrâtat.kushîs*. M. Justi traduit *nicht aus den Hœhlen hervorkommend* et rapproche le second terme de ce composé apparent du sanscrit *kuxi*. Or, au § 55, les Férouers font pousser les arbres qui étaient restés longtemps sans pousser, *afraokhshyeiñtîs*. Il suit de là que *afrâtat.kushîs* est un participe répondant à *afraokhshyeiñtîs*; supprimons l'*a* privatif et le préfixe *frâ* qui répondent à l'*a* privatif et au préfixe *fra* de *afraokhshyeiñtîs*, il reste *tat.kushîs* qui *doit* venir de la racine *tac*, courir; or *tatkushîs* est en effet le pluriel féminin régulier d'un parfait à forme védique de *tac*; cf. *paptivâns* de *pat*, et *petushî* = **paptushî*. *Afrâtat.kushîs* signifie donc *non procurrentes* et toute la restitution consiste à supprimer le point de séparation et par suite à changer t en *t*. Le § suivant confirme la correction : « et alors les eaux *courent en avant* : âpô *frataceñti* ». — M. Westergaard propose fratat*a*kushîs; l'addition de l'*a* est inutile.

troupeaux et les hommes, de la sécheresse les eaux et les plantes (*âpaurvairê*) [1]. »

III.

§ 11. Nous n'avons pas à chercher l'origine de ce couple [2]; nous n'avons qu'à en constater l'existence et à tirer de ce chapitre les deux conclusions suivantes :

1°. Haurvatât et Ameretât sont les génies des eaux et des bois;

2°. Ils font couple et de leur côté les eaux et les bois font couple.

Avant d'aller plus loin, il est bon de déterminer la portée exacte de cette dernière conclusion. Il ne s'agit point ici de donner la raison première de l'union de nos deux génies, ni de faire entendre qu'ils se sont formés en couple parce que les objets auxquels ils président aujourd'hui faisaient couple; ceci impliquerait en effet qu'ils doivent leur union actuelle à leurs fonctions actuelles : or, il se pourrait que celles-ci ne fussent pas primitives, il se pourrait qu'ils aient déjà été associés, dans d'autres fonctions, avant de recevoir l'empire des eaux et des bois, de sorte que leur union présente ne soit que la suite d'une autre union plus ancienne et amenée par l'affinité de fonctions antérieures. De dire s'ils doivent leur union à celle des objets qu'ils régissent actuellement ou si on leur a attribué des objets faisant couple, parce qu'eux-mêmes étaient déjà en état d'union, c'est chose qui ne nous est pas encore permise au point où nous sommes. Voilà pourquoi nous nous contentons de dire : ils font couple *et* leurs objets font couple, et non : ils font couple *parce que* leurs objets font couple.

1. Yç. 9, 15 ; cf. Yt. 15, 16 ; 19, 32; Gâh 4, 5.

2. Union naturelle (l'arbre pousse près de l'eau qui coule), resserrée encore par d'autres causes que nous rencontrerons dans la seconde partie (Cf. première note du § 48).

CHAPITRE DEUXIÈME.

Valeur abstraite de Haurvatât et d'Ameretât.

I.

§ 12. Les quatre premiers Amshaspands ont chacun deux attributs, l'un matériel, l'autre abstrait qui leur donne leur nom (§ 1). D'ailleurs entre ces deux attributs, nul rapport, au moins apparent. Quand l'analyse grammaticale et les textes nous ont appris que Bahman est le dieu des *Bonnes Pensées* (Vohu manô), il est impossible de deviner par cela seul qu'il est encore le dieu qui veille à la conservation des troupeaux (*gavâm paçûnâm patim* [1]) ; il n'est pas moins difficile de comprendre comment Sapendomand, déesse de la *Piété Sainte* (Çpeñta ârmaiti) a pu passer au rôle de maîtresse de la terre (*pṛthivîpatim* [1]). Mais une chose évidente de soi, c'est que l'attribut abstrait est ici antérieur à l'attribut matériel ; c'est que Vohu-manô, le *Bon Esprit*, a été le dieu des *Bonnes pensées*, Θεὸς εὐνοίας [2], avant d'être le dieu des troupeaux ; c'est que Çpeñta ârmaiti, la *Piété Sainte*, a été Θεὸς σοφίας [3] avant d'être déesse de la terre. Le Mazdéisme, suivant ici une marche contraire à celle des autres religions, a passé de l'abstrait au concret, de l'attribut moral à l'attribut matériel. Comment s'est fait ce passage, ce n'est pas ici le lieu de l'examiner : mais nous sommes naturellement amenés à nous demander si les deux derniers Amshaspands ont été dès l'origine ce qu'ils sont aujourd'hui, des dieux concrets. Sont-ils, contrairement à leurs collègues, entrés de plain-pied dans la vie matérielle, ou bien ont-ils comme eux débuté par l'abstraction ? — A l'analyse de leurs noms à nous répondre.

§ 13. Commençons par *Ameretât* dont le nom offre moins de difficulté. Ameretâ*t*, ou mieux, en prenant la forme pleine du mot,

1. Neriosengh, 1, 5.
2. Plutarque. Traité d'Isis et d'Osiris, XLVII.
3. Id., ibid.

ameretatât [1], se décompose en *amereta-tât*; *amereta*, c'est-à-dire *a-mereta* signifie *non mortuus;* le suffixe *tât* forme des substantifs abstraits : *ameretât* signifie donc τὸ μὴ θνήσκοντα εἶναι. Nous le traduirons *l'immortalité* ou mieux le *non-mourir;* le sens spécial que le premier mot a chez les modernes exposerait au danger de limiter d'une façon arbitraire le sens du terme zend. Le mot *immortalité* éveille chez nous l'idée d'une vie éternelle et *céleste* succédant à une vie passagère et *terrestre;* or le terme zend, dans sa valeur étymologique, nous donne un sens plus général et moins précis; il marque simplement l'absence de la mort, sans y joindre aucune notion de lieu; il marque la durée indéfinie de la vie, en quelque lieu qu'elle se prolonge, soit sur terre, soit dans la félicité du Behesht. Les textes seuls et le contexte peuvent nous apprendre s'il marque la vie éternelle, ou la longue vie, car il peut marquer la seconde aussi bien que la première. Et en fait, quand le Yaçna nous apprend que Yima, *sous son règne*, rendit immortels les troupeaux et les hommes, que tant qu'il régna, il n'y eut ni vieillesse, ni mort, il ressort de là clairement que l'*immortalité* peut n'être que le recul indéfini de la mort [2].

§ 14. Haurvatât se décompose en *haurva-tât*.

Le mot zend *haurva* (sanscrit *sarva*) a quatre sens différents [3] :

1°. Comme second terme d'un composé, *haurva* signifie *gardien;* ex. : *paçus-haurva*, (chien) qui garde le troupeau; *vis-haurva*, chien qui garde la maison. *Haurva* suppose une racine *har*, garder, conserver, laquelle subsiste dans la langue et a donné *hare-tar*, conservateur; *hare-thra*, secours; *hi-shar-ô* (*si-sar-ô), qui désire conserver, et la forme verbale redoublée *ni-sha-ṅhar-atû* (*ni-sa-sar-atu) qu'il conserve. *Haurva* suppose une forme primitive *sarva;* le sanscrit *sarva* n'offre point

1. *Yç.*, 56, 10, 4; *Yt.*, 2, 8.

2. *Yaçna*, 9, 15. Kerenaot aṅhê khsathrât *ameresheñta* paçuvîra; .... nôit *zaurva* àoṅha nôit *merethyus*... yavata khshayôit hvâthwô Yimô.— Selon le Minokhired, cette immortalité était de 300 ans (voir la Grammaire Parsie de M. Spiegel, pp. 141 et 171). De même dans les Védas, *être immortel* et *prolonger sa vie* sont deux expressions équivalentes et dont le contexte seul peut préciser le sens. Voir plus bas § 26 les vers védiques *daxinâvanto*... etc.

3. Voir l'étude de M. Benfey sur le mot Sarvatâti (Orient und Occident III). Cf. les Mém. de la Soc. de Linguistique de Paris, II, p. 309 sq.

ce sens; mais le latin *ser-vu-s* (celui qui garde, d'où dérive *servare*), offre l'équivalent parfait de *haurva* pour le sens et pour la forme.

2°. Le latin, à côté de la forme à sens actif, *ser-vus*, offre une forme à sens passif, *sal-vu-s* (celui qui est conservé, qui est intact), et qui, comme *servus*, remonte à une racine SAR et à un primitif *sàr-va;* les langues de l'Europe ayant divisé la voyelle primitive *a* et la consonne primitive *r*, le latin a pu marquer la différence de sens par une différence dans la forme. Le zend, où cette division n'a pas eu lieu, n'a pu distinguer les deux sens par une différence phonétique et *haurva* cumule le sens de *salvus* avec celui de *servus*. Ce sens se retrouve dans l'expression *haurva-fshu* = **salvi-pecus*, qui a ses troupeaux intacts :

« pairî paçûs pairî vîrěñg çpeñtâi manyavê dademahî; *haurva-fshavô* drvô-gaêthâo drva-fshavô drvô-vîrâ [1]. » — « Nous remettons aux mains du saint Esprit nos troupeaux, nos hommes; afin d'avoir *nos troupeaux intacts*, nos biens, nos troupeaux, nos hommes en bon état. »

3°. Ce qui est conservé sain et sauf est *entier;* de là *haurva* passa au sens de *tòtus : vîçpâm haurvâm tanûm çûnô* [2] « un corps de chien tout entier [3] »; le sanscrit *sarva* offre des exemples certains de cet emploi :

sarvâ *aham asmi romaçâ gandhârîṇâm iva avikâ* [4] RV. I. 126. 7.

« Je suis *toute* velue, comme une brebis des Gandhâri ; »

Ya uçatâ manasâ somam asmai

sarvahṛdâ *devakâmas sunoti* RV. X. 160. 3.

« Celui qui d'une âme aimante, *de cœur entier*, ami des dieux, presse pour lui le soma. »

L'expression classique *sarvam idam* employée pour désigner

1. Yç. 57, 17.

2. Vendidad, 6, 50. *vîçpâm* fait ici double emploi avec *haurvâm* dans le sens de *totus*, comme il le fait au sens de *omnis* dans le pehlvi *harviçp*.

3. Le latin offre la même analogie. *Salvus* (ou mieux la forme dialectale **solvus*, correspondant à la série grecque *ὅλϝος etc.) a donné par assimilation *sollus* = totus, d'où *solli-citus*, *soll-ers*, et en osque *solliferrea* (tela tota ferrea; v. Festus s.v. *solitaurilia*. De même le grec transforma ὅλϝος d'une part en οὖλος (salvus), d'autre part en ὅλος (sollus); cf. Curtius, Étymologie grecque, 3e éd., p. 503.

4. Voir Dictionnaire de Saint-Pétersbourg, sous *sarva* et les composés.

l'univers ne peut pas se traduire *omne hoc*, mais *universum hoc; sarvaçveta* ne signifie pas seulement *blanc entre tous*, mais aussi *blanc en son entier* [1].

4° Enfin le sens de *tout entier* a conduit au sens de *tout*. C'est ainsi que *totus* a pris dans les langues romanes le sens de *omnis* [2]. C'est le sens le plus fréquent de *haurva*, et le sens classique de *sarva*. De ce sens au sens premier de *salvus* il n'y a qu'un pas, qui se franchit quand l'objet auquel s'applique l'épithète peut être considéré comme faisant partie d'une collection d'objets qui se comptent. Cette considération permet de montrer que si le sanscrit ne connaît plus à *sarva* d'autre sens que celui de *tout*, néanmoins un certain nombre des expressions où le mot entre se sont formées à une époque où il avait encore sa valeur étymologique. Soit par exemple l'expression védique *viç sarvavîrâ* ; traduite suivant le sens primitif de *sarva*, elle signifie : une maison qui a ses hommes entiers, sains et saufs ; mais l'idée de pluralité contenue dans *vîra* réagit sur *sarva ;* « la maison qui a ses hommes entiers » devient « la maison qui a ses hommes au complet, » *qui a tous ses hommes;* mais la preuve que le premier sens est bien le sens primitif, c'est l'emploi de *sarvavîra* comme épithète d'êtres qui ne sont pas *possesseurs d'hommes*, et où l'épithète, bornée au sens classique, devient singulièrement embarrassante. Le dieu Pûshan est *svastidâ sarvavîra;* traduira-t-on : le dieu qui donne la félicité, qui conserve tous ses hommes? Quels sont ces hommes? La traduction du dictionnaire de Saint-Pétersbourg, *conduisant tous les guerriers* (alle Mannen führend), est un expédient arbitraire et n'a pour elle que l'impossibilité de traduire par le même mot *Pûshan sarvavîra* et *viç sarvavîrâ* en partant du sens de *omnis: Pûshan svastidâ sarvavîra* signifie : « Pûshan qui felicitatem dat, qui *salvos* viros facit ». Soma, *çûragrâmas sarvavîras* (6. 23. 4) est le dieu qui donne la puissance au bourg, le salut aux hommes ; autrement dit *sarvavîra* est l'équivalent de *arishtavîra*, « qui a ses hommes non blessés [3]. »

1. Ibid. s.v.
2. Et *salvus* même, en ombrien, sous la forme *sevo*.
3. Cf. RV. I. 41. 2 Yam bâhuteva piprati pânti martyam rishah *arishtas sarva* edhate

Le mortel qu'ils conduisent comme par la main, qu'ils protègent de toute blessure, grandit non blessé, sain et sauf.

AV. III. 2. 1. Tâm tvâ çâle *sarvavîrâs suvîrâ arishtavîrâ* upa sam carema.

Tous les sens de *haurva* se déduisent donc du sens de la racine *har* « conserver », employée soit activement, soit passivement.

Au sens actif, *haurva* = *servus*, ce qui conserve.

Au sens passif, *haurva* = *salvus*, ce qui est conservé, d'où *omnis*, tout, par l'intermédiaire *totus*, entier.

Quels sont les sens qui résulteront de la combinaison de *haurva* avec le suffixe d'abstrait *-tât*?

Le sens de *salvus* donnera : condition de ce qui est conservé, **salvi-tât* (= le lat. **salvitus* d'où *salus*) : nous le traduirons par *santé*.

Le sens de *servus* donnera : condition de ce qui conserve, c'est-à-dire de ce qui donne la santé ; c'est l'actif du mot précédent : nous le traduirons par *Santé* (avec *S* majuscule).

Enfin *haurva* au sens de *tout entier* ou de *tout* combiné avec le suffixe abstrait *-tât* donnera un sens équivalent à celui du latin *universitas*, totalité.

§ 15. Par suite, le groupe *Haurvatât-Ameretât* signifie soit : *santé-immortalité*, soit : *totalité-immortalité*. Le premier sens est clair et précis ; le second n'est ni clair ni précis. Entre les deux traductions il n'y a pas à hésiter, et à la question posée au commencement de ce chapitre : Haurvatâ*t* et Ameretâ*t* ont-ils une valeur abstraite? l'étymologie répond : Oui ; Haurvatâ*t* et Ameretâ*t* sont la *santé* et le *non-mourir*.

II.

§ 16. La tradition, comme l'étymologie, leur prête une valeur

O maison, puissions-nous entrer dans tes portes, ayant nos hommes en santé, heureux, non blessés.

Si l'on objecte que dans le premier de ces exemples *sarva* peut se rapporter à *martyam* et signifier *tout homme* (que) et qu'il est en effet remplacé par *viçva* dans une formule analogue (10, 63, 13), nous ferons observer que la chose n'est guère possible dans la formule 8, 27, 16 :

pra sa xayam tirate, vi mahîr isho,
yo vo varâya dâçati ;
pra pragâbhir ĝâyate dharmanas pary,
arish*t*as sarva edhate.

Il est clair qu'ici *sarva* est une épithète de même ordre que *arishta* : hic vitam producit... qui vobis ad vestram cupidinem largitur; prole se propagat... non vulneratus, salvus, florescit. Cette formule remonte à une époque où *sarva* était encore compris : bientôt il cessa de l'être ; *sarva*, devenu synonyme de *viçva* dans la langue nouvelle, sembla l'être aussi dans les formules anciennes et s'y laissa remplacer par lui.

abstraite. Dans l'interprétation de cette valeur, est-elle d'accord avec l'étymologie?

Oui, pour Ameretât où elle voit : « ce qui produit l'immortalité (*amṛtyu-pracâra*[1]) ». Non, pour Haurvatât, et cela par la force même des choses. Les deux sens primitifs de haurva, *servus* et *salvus*, étaient en effet sortis de l'usage vulgaire du zend; les Parses ne lui connaissaient que son dernier sens, le plus éloigné de sa valeur première, le sens de *tout*; il leur était donc absolument impossible de reconnaître dans Haurvatât *ce qui conserve*, *la santé*, et ils ne pouvaient s'aviser de demander au chien *paçus-haurva* des renseignements sur l'Amshaspand Haurvatât. Force était pour eux de partir du sens de *tout*, le seul qu'ils connussent; ils ne traduisirent point le mot par *totalité*, ce qui n'offrait aucun sens; mais, prêtant au suffixe -*tât* un sens actif, ils firent de Haurvatât « celui qui produit tout, *sarva-pracâram*[2] ». Mais en cela ils donnaient au suffixe -*tât* un sens qu'il n'a pas. Ici, il est vrai, les grammairiens de l'Inde semblent venir au secours de leurs frères de Perse : ils déclarent que le suffixe -*tâti* (dont le suffixe zend *tât* est dérivé) s'emploie aussi bien *kare* que *bhâve*, c'est-à-dire pour désigner l'agent que pour marquer l'état et que, par exemple, *çivatâti* signifie aussi bien « celui qui rend bienheureux » que « l'état de bienheureux »[3]. Mais en réalité il y a infiniment loin de *çivatâti* « qui rend heureux » à *haurvatât* « qui produit tout »; dans le premier mot, *çiva* est attribut, dans le second *haurva* serait régime, et dans *haurvatât* tel qu'on le traduit, -*tât* n'est plus un suffixe, c'est une racine verbale employée avec la force verbale; *çivatâti* est un dérivé secondaire, le sens prêté à *haurvatât* en ferait un composé.

Donc le mot *haurvatât* ne peut signifier « ce qui produit tout »; mais cela n'empêche point qu'on ne lui ait prêté ce sens, le sens primitif étant oublié, et rien au fond de plus naturel et de plus légitime, car Haurvatât était devenu, *en fait*, « le dieu qui produit tout ». Haurvatât et Ameretât, génies des eaux et des plantes, étaient par cela même les divinités des biens matériels, les divinités de l'*Abondance*. Qu'arrivait-il donc quand on

1. Nériosengh 17, 18.
2. Nériosengh 17, 17.
3. Pânini 4. 4. 143. Çiva-çam-arishṭasya kare (tâtil), c'est-à-dire : le suffixe tâti est employé au sens de « ce qui rend » après *çiva*, *çam*, *arishta*; *çivasya karaḥ* dit le scholiaste = çivatâti. — Pour *sarvatâti*, voir § 50.

essayait de s'expliquer leurs noms? Ameretâ*t* restait protégé par la transparence réelle de son nom; Haurvatâ*t* était trahi par la transparence menteuse du sien : puisque *haurva* signifie « *tout* » et que Haurvatâ*t* est le dieu de l'Abondance, il s'en suivait forcément pour les Parses que *haurvatât* est « ce qui produit tout. » Haurvatâ*t* a donc pour la tradition comme pour nous une valeur abstraite ; mais c'est une valeur qui dérive de ses attributs matériels, qui les suit au lieu de les précéder (cf. § 12); elle n'a rien de commun avec la valeur abstraite primitive que l'étymologie nous révèle, elle est postérieure à la transformation de Haurvatâ*t* en génie des eaux; au lieu de nous reporter à la période première de son histoire, elle nous conduit à la dernière phase de son développement.

C'est à cette phase que conviennent les interprétations de Plutarque et de M. Spiegel. Pour Plutarque le cinquième Amshaspand est le dieu de la richesse Θεὸς πλούτου. C'est à peu de chose près le *Gott der Fülle* de M. Spiegel (cf. § 2). L'expression de M. Spiegel est plus précise que celle de Plutarque qui a le tort d'éveiller des images qui ne sont pas directement liées à l'idée de Haurvatâ*t*; Haurvatâ*t* n'est point le dieu des écus ni des talents d'or, c'est le dieu des richesses naturelles, du bien-être matériel. Nous emploierons le mot *Abondance* pour marquer son caractère en ce moment de son histoire.

III.

§ 17. Nous passons à l'étude des textes qui se rapportent à cette période.

Les Parses nous apprennent qu'autrefois chaque Amshaspand avait son *yast* particulier [1]. Celui d'Ameretâ*t* est perdu, nous possédons encore celui de Haurvatâ*t*, mais dans un état de texte lamentable [2]. Une chose toutefois que l'on voit très-nettement malgré l'extrême corruption du morceau, c'est que Haurvatâ*t* n'en peut revendiquer que le titre et les trois premières lignes : le reste est absolument étranger. De cela il n'y a pas à s'étonner: nous savons que les dieux mazdéens ne sont pas, sur ce point, des

1. Anquetil, Zend-Avesta II, 143. Les Yast sont « des prières accompagnées d'une bénédiction efficace, en forme d'éloges qui présentent les principaux attributs des Esprits célestes, leurs rapports avec Ormuzd et avec ses productions. » (Anquetil, *ibid.* II, 699).
2. Ed. Westergaard, p. 155.

dieux jaloux, et pourvu qu'ils aient le titre de la prière et la bénédiction initiale, ils abandonnent facilement le reste à des étrangers; s'ils ne sont pas les héros du yast, ils en sont les titulaires et le fidèle peut être en paix avec sa conscience[1].

Mais ces trois lignes mêmes consacrées à Haurvatâ*t* n'ont rien qui s'applique à lui plus particulièrement qu'à Ameretâ*t*; elles s'appliquent au dieu de l'Abondance quel qu'il soit, on pourrait y substituer Ameretâ*t* à Haurvatâ*t* sans que rien avertît du changement et il est probable que le yast perdu d'Ameretâ*t* ne différait de celui-ci, au moins dans la formule d'introduction, que par le nom du titulaire. Voici cette formule :

Mrao*t* ahurô mazdâo çpitamâi zarathustrâi azem dadhãm haurvatâtô narãm ashaonãm avâoçca rafnâoçca baoshnâoçça qîtâoçca.

Ahura Mazda dit au très-saint Zoroastre : c'est moi qui, pour les hommes purs, ai créé les secours, les plaisirs, les jouissances et les biens de Haurvatâ*t* [2].

Dans ce passage Haurvatâ*t* n'est plus le génie particulier des

1. Dans le Yast consacré à Zemyâd, génie de la terre, ce génie n'est pas cité une seule fois.

2. M. Spiegel traduit : ces joies, puretés, propriétés de Haurva*t* (*diese* Erfreuungen, *Reinheiten*, Eigenthümlichkeiten des Haurva*t*). Il me semble difficile de voir un démonstratif dans *avâoç*; les deux mots avâoçca rafnâoçca rappellent forcément le dvandva *avaçca rafnaçca* (*Yç*. 57, 20; *yt*. 10, 5; 13, 1). Je rapporte *baoshnâoç* à la racine *bhuģ* jouir (à laquelle il faut peut-être rapporter aussi, malgré la tradition, le mot *pouru-baokhshnahê*, *Yç*. 9, 84). Je doute qu'on puisse rapprocher *qîtâoçca* de *qaêtu* et *qaêti*, où *qaê* n'est point le guna d'une racine *qi* (cf. le sanscrit *svay*-am); je le décompose en *hu-îtâo* et l'assimile au védique *su-vita* = *su-ita (v. Benfey, glossaire au Sâma Véda s. v.); quant à la désinence, cf. les accusatifs neutres comme *vactrâoçca*. Cette étymologie substitue un sens précis au sens vague (*de soi-même*) donné au mot *qîti* dans cette ligne du xe Yast, 68 : (Mithrahê) daêna mazdayaçnis *qîti pâthô râdhaiti :* (Mithrae) lex mazdayaçnis ad bene eundum vias munit : à Mithra la loi mazdayaçnienne fraie des routes faciles (*qîti* = *su-îti est à l'instrumental ; mot à mot : avec bonne marche). Ainsi interprétée, cette expression *qîti pathô râdhaiti* se trouve reproduite mot pour mot dans cet hémistiche védique : *patho radantî suvîtâya* (devî) : vias munіens ad bene eundum (dea) : RV. 5, 80, 3; cf. 1. 90, 4. Reste l'énigmatique *qîtica éneitî Yç*. 30, 11, traduit par Nériosengh *abhilâshukaçca çixâyâh*; peut-être *çixâ* est-il la traduction de *qîti* (bonne voie, bonne direction). — Citons la traduction d'Anquetil : J'ai donné Khordad aux hommes purs pour qu'il leur procure les plaisirs, qu'il les bénisse, qu'il leur donne continuellement les biens et l'abondance.

eaux : c'est d'une façon abstraite et générale le génie de l'Abondance.

§ 18. Nous avons dit plus haut que la même formule s'appliquait probablement à Ameretâ*t*. Cette formule, en effet, comme le prouvent les mots *dadhãm ashaonãm* « j'ai donné pour les purs », considère Haurvatâ*t* dans ses fonctions célestes : or ces fonctions lui sont communes avec Ameretâ*t* et nous savons déjà que tous deux « sont le salaire des purs qui passent dans l'autre monde, *mîjdem ashaonãm parô-açti ǵaçeñtãm* (§ 8). Rien donc de plus naturel, et si l'on considère les habitudes de symétrie qui règnent dans l'Avesta, rien de plus nécessaire que cette hypothèse. Or cette hypothèse explique aisément l'obscure définition que Plutarque donne d'Ameretâ*t* : τῶν ἐπὶ τοῖς καλοῖς ἡδέων δημιουργός. Le vague et l'embarras de l'expression prouvent que nous sommes ici en face d'une traduction. Qu'arriva-t-il quand les docteurs eurent à expliquer aux Grecs ce qu'étaient les deux derniers Amshaspands? A leurs yeux, tous deux étaient des dieux de l'Abondance; comme le nom de Haurvatâ*t*, tel qu'ils le comprenaient (cf. § 16), exprimait cette qualité, on le traduisit par un mot unique équivalent, πλούτου Θεὸς; comme le nom d'Ameretâ*t* ne l'exprimait pas, on fut forcé d'expliquer sa nature autrement que par la traduction de son nom; on prit la première ligne de son yast : *azem dadhãm ashaonãm ameretâtô* avâoçca rafnâoçca, etc., j'ai créé pour les purs les jouissances d'Ameretâ*t*; l'on en tira cette définition : Ameretâ*t* est *ce qui produit des jouissances pour les purs*, ce qui donna en pehlvi quelque chose comme *pann nîvakân sîrîn-dâtâr*, d'où en grec : ἐπὶ τοῖς-καλοῖς ἡδέων-δημιουργός[1].

§ 19. Haurvatâ*t* et Ameretâ*t* président l'un au 6e, l'autre au 7e jour du mois; ils ont donc leur place dans les formules du Sîrozah[2]. Voici celle de Haurvatât :

1. Le document de Plutarque ne connaît les Amshaspands que comme dieux abstraits. Il serait imprudent d'en conclure qu'ils n'avaient pas encore leurs attributs matériels à l'époque où remonte ce document, c'est-à-dire au ɪᴠe siècle A. C. (Plutarque l'a probablement tiré de Théopompe : cf. Traité d'Isis et d'Osiris § 47 et Windischmann, Mithra, p. 56). La valeur prêtée aux deux derniers présuppose en effet leur transformation en dieux concrets (cf. § 16). Il est seulement vrai de dire que Plutarque a puisé à une source idéaliste (cf. § 28).

2. *Sîrozah* = Trente jours. C'est une série d'invocations aux génies

Haurvatâtem ameshem çpeñtem yazamaidê,

Yâiryãm hushitîm yaz. *çareda* ashavana ashahê ratavô yaz [1].

M. Spiegel traduit : « Nous invoquons Haurvatât, l'Amesha-çpeñta ; nous invoquons la bonne habitation annuelle (*das jährliche gute wohnen*); les années pures, maîtres de pureté ». Selon M. Spiegel, Haurvatât, génie des eaux, est mis en rapport avec la bonne habitation, parce que l'eau est partout une condition essentielle d'une bonne habitation et dans le sec Iran plus que partout ailleurs (§ 2). Il n'est point douteux qu'il ne soit commode en tout lieu du monde d'avoir de l'eau sous la main et il est certain que les ménagères apprécient fort les maisons où l'eau coule sur l'évier; j'ai peine à croire néanmoins que *hushiti* ait le sens particulier qu'on lui donne ici et qu'il soit à Haurvatât dans le rapport indiqué. *Hushiti* ne signifie *la bonne habitation* que pour l'étymologiste; pour la langue, il a pris un sens plus large et plus général. Parfois, il est vrai, Nériosengh le traduit conformément à l'étymologie *samvatsarânâm sunivâsitâm* [2] et en cela il suit la traduction pehlvie : *santânn humânisnis;* mais il n'y a de là aucune conséquence à tirer sur le sens que le mot avait, même pour les traducteurs. On sait en effet que fidèles au système de traduction ordinaire en Orient, ils s'attachent autant que possible à rendre élément par élément; ils ne traduisent pas *hushiti*, ils traduisent *hu* et *shiti*, ils donnent le sens des parties du mot, non le sens de résultante, et de ce que Nériosengh le rend par *nivâsitâ*, il ne s'en suit pas nécessairement qu'il signifie pour lui *nivâsitâ*. Pour connaître le sens qu'il y attache, il faut donc chercher d'autres passages où la traduction soit moins littérale. Or dans des passages absolument identiques [3], au lieu de *nivâsitâ*, il donne *sujîvani*, c'est-à-dire le mot même qu'il emploie pour rendre le zend *hujyâiti*, *la bonne vie, le bien-être* (*yaçna* 32, 5; cf. § 33, 25). Donc *hushiti* est le *bien-être* et ce sens est confirmé par le sanscrit védique; la racine *xi*, en effet, marque moins l'idée d'*habitation* au sens français du mot, que l'idée du *repos* que le mot sous-entend ; *suxiti* n'est point « la bonne habitation », mais le bonheur de la vie calme : c'est est une des formes du *svasti :*

qui président aux trente jours du mois. Il y en a deux, un grand et un petit; celui-ci, ou premier Sîrozah, est l'abrégé de l'autre.

1. Sîrozah II, 6.
2. Nériosengh, 6, 17.
3. Nériosengh 1, 18.

vîhi svastim suxitim *divo nr̥̄n* (6. 2. 11)
« du haut du ciel, envoie aux hommes félicité, *bien-être.* »
isham ûrǵam suxitim *viçvam âbhâh* (10. 20. 10)
« il a porté à tous vigueur, force, *bien être*[1]. »

C'est donc avec raison que Nériosengh rend *hushiti* par *suǵîvani; hushiti* est le bien-être, et s'il était rapproché de Haurvatât sans épithète, on pourrait croire que dans cette formule le sens primitif de ce dernier mot, *santé*, est encore compris. Mais l'épithète *yâirya* qui accompagne *hushiti* détermine et limite son sens et montre en même temps que Haurvatât est ici le dieu de l'Abondance. En effet, *hushitîm yâiryãm yazamaidê* signifie : Nous adorons « *le bien-être de l'année* », c'est-à-dire le bien-être que l'année apporte dans le cours de ses productions. Haurvatât paraît donc ici, non avec sa valeur abstraite primitive (Santé), ni avec sa valeur concrète (dieu des eaux), mais avec sa valeur abstraite dérivée (Abondance) ; l'attribut concret et particulier reste effacé et laisse au premier plan l'attribut abstrait et général qui en est sorti; je dis *effacé*, et non *absent*, parce que ce n'est en dernière analyse que comme dieu des eaux qu'on a pu lui rapporter les productions de l'année. La formule entière se traduira :

« Nous adorons Haurvatât (l'Abondance), Amshaspand ; nous adorons le bien-être qu'apporte le cours de l'année ; nous adorons les années, maîtres purs de pureté. »

§ 20. Passons à l'invocation correspondante, adressée à Ameretât :

Ameretâtem ameshem çpeñtem yazamaidê — fshaoni vãthwa yaz. — açpinâca yavînô yaz. — gaokerenem çûrem mazdadhâtem yaz. (2e sîrozah, 7).

Nous adorons Ameretât, Amshaspand; — nous adorons les gras troupeaux, l'abondance des moissons; nous adorons le Gaokerena, puissant, créé par Mazda.

Quelques mots sont nécessaires pour justifier cette traduction. Je traduis *fshaoni* comme un qualificatif de *vãthwa;* M. Spiegel semble en faire un substantif dont *vãthwa* serait l'attribut : il traduit : « l'abondance qui concerne les troupeaux » (*die Fülle welche das Vieh betrifft*). Mais vãthwa est certai-

1. Opposé à un mot exprimant l'idée de danger, il donne le sens de *sécurité*: bhaye cit suxitim dadhe (1. 40. 8) : en plein péril il est tranquille.

nement un substantif et n'est que cela[1]; si donc l'on veut faire de *fshaoni* un substantif, il faut construire les deux mots parallèlement : c'est ce que fait M. Justi, qui traduit « graisse et troupeaux (*Fettigkeit und Herden.* Manuel, s. *fshaoni*), et regarde les deux duels féminins *fshaoni vãthwa* comme les deux membres d'un dvandva. Mais si l'on considère les deux termes qui suivent, *açpinâca yavînô*, dont le premier est encore un duel et le second un génitif qui doit en dépendre, on reconnaît que le dvandva règne, non point entre *fshaoni* et *vãthwa*, ce qui laisse le duel *açpinâ* inexpliqué, mais entre *fshaoni vãthwa* d'une part, et *açpinâca yavînô* de l'autre. Que *fshaoni* puisse être adjectif, c'est ce que M. Justi reconnaît lui-même en traduisant l'expression correspondante du premier sîrozah *fshaonibya vãthwâbya* « für die fette Herde » (pour le gras troupeau; Manuel s. *fshaoni*) ; et c'est ce que prouve jusqu'à l'évidence l'épithète de *fshaoni* donnée au génie féminin *Drvâçpa*. Nous traduirons donc *fshaoni vãthwa,* comme M. Justi traduit *fshaonibya vãthwâbya*, c'est-à-dire *les gras troupeaux*[2].

Dans *açpinâca yavînô*, l'on avait, au commencement des études zendes, reconnu les Açvins, les deux jeunes cavaliers ; erreur naturelle et inévitable au début de la science, devant un rapport de son si frappant avec les *yuvânâ açvinâ* des Védas. M. Spiegel a démontré d'une façon convaincante qu'il ne pouvait être question des Açvins (*Commentaire* II. 322) : nulle part ailleurs, ni dans les textes, ni dans la tradition, ne paraît une

1. V. Justi Manuel s. v.

2. *Fshaoni* peut sans doute être employé comme substantif; ainsi, Yt. 5. 26, Yima demande à Ardvîçûra *uyê fshaonîca vãthwâcâ ;* mais le texte a bien soin d'en avertir le lecteur par *uyê* et par la répétition de *ca.* — Le sens de *gras* résulte de la glose de Nériosengh *fshaonyêhê* = *sphîtayasi* (tu engraisses; *Yç.* 11, 6). — Quant à l'étymologie, il me paraît impossible de rattacher le mot à un composé de *çu*, comme le propose M. Justi (s. *fshu*). *Fshaoni*, c'est-à-dire **fshavani* (cf. *ashaonîm* =*ashavanîm) s'explique aisément comme le féminin d'un adjectif **pushavan* d'où *fshavan* (cf. *fshanh* lien = **paçanh*); cet adjectif est formé de la racine *push* (qui se retrouve avec inversion dans le zend (*fshû*) et qui signifie dans les Védas *grandir* et *faire grandir* : asmin *pushyantu gopatau* (10. 19. 3) puissent mes vaches venir bien, Agni étant leur pasteur; *Kratum pushyasi gâ iva* (3. 45. 3) tu fais grandir notre force comme nos troupeaux. L'épithète de *fshaoni*, donnée à Drvâçpâ, c'est-à-dire à la divinité qui fait prospérer les chevaux, et plus généralement les troupeaux, rappelle tout naturellement *Pûshan paçupâ*, Pûshan, protecteur des troupeaux; l'épithète de l'un est le nom de l'autre.

allusion à un culte des Açvins ; le seul être qui les rappelle est un daêva, *nâonhaithya* (sanscrit *nâsatyâ*) ; d'autre part, partout où l'expression *açpinâ yavînô* se rencontre, le contexte indique, comme ici, qu'il s'agit de productions naturelles. La tradition donne une traduction qui satisfait à la fois et le sens et l'étymologie. Neriosengh traduit *upacitim dhânyânâm*, « entassement de grains » ; la traduction pehlvie *afzûnîk-ic-î gûrtâyân*, « l'accroissement des grains. Autrement dit, *açpin* signifie l'*accroissement* et *yavînô* signifie *du grain;* or ces deux données se vérifient sans peine : *yavînô*, ou mieux *yavanô* (variante fournie par un groupe de manuscrits)[1], est le génitif d'un thème *yavan*, collectif de *yava* nom générique des grains, et ce mot *yavan* se retrouve en persan dans *ǵavân*, devenu le nom particulier du riz, comme *ǵav* dérivé de *yava* est devenu le nom particulier de l'orge. Le mot *açpinâ*, duel parallèle à *vãthwa*, vient d'un thème *açpin* formé de la préposition *â* abrégée[2], et de la racine *çpin* = *çpen*[3], forme secondaire de la racine *çu*[4] gonfler, s'accroître. Donc *açpinâ yavanô* signifie bien, comme le veulent les Parses, l'accroissement des grains[5].

Si nous reprenons à présent toute la formule, nous voyons

1. Spiegel l. c. Cette variante a pour elle : 1° la forme *yaonibya* ; la réduction de *ava* en *ao* est un fait normal ; je ne vois pas d'exemple de *avî* donnant *ao* ; 2° le persan *ǵavân* : voir la suite du texte.

2. Pour les exemples de *â* abrégé, voir Justi, Manuel, p. 358 § 12.

3. *En* devient *in* dans *-cina* = *-cana*, dans *minu* comparé au sanscrit *mani*, dans les pluriels en *iñti* = *eñti*, etc.

4. V. Justi s. *çpan*. Le mot *çpanvañti* (Yt. 21. 4) est rendu dans la traduction pehlvie par *afzâyat*, c'est-à-dire par le verbe dont le nom lui a servi à rendre *açpen*. Preuve nouvelle que *açpin* est bien *â* + *çpen*.

5. M. Spiegel, après avoir si bien montré que *açpinâ yavanô* n'a rien à voir avec les jeunes cavaliers, abandonne soudain pour *açpinâ* la tradition qu'il suit pour *yavanô* ; il y retrouve des chevaux à défaut de cavaliers et traduit « les pâturages pour chevaux ». Il est difficile de combattre cette traduction, ne voyant pas sur quoi elle s'appuie. — Windischmann (*Zoroastriche Studien*, p. 257, note 2) voit des cavaliers dans *açpinâ* ; mais ces cavaliers ne sont plus comme autrefois les Açvins, ce sont Haurvatât et Ameretât. Même observation que précédemment. — Le passage correspondant du premier Sîrozah donne *açpinibya yaonibya*, ce qui semblerait défendre de voir dans *yavanô* un génitif. Au fond, il n'y a là qu'un phénomène d'attraction rhythmique, amené par les terminaisons identiques des trois mots précédents : *fshaonibya*, *vãthwâbya*, *açpinibya*. Cela est rendu manifeste par la variante curieuse d'un manuscrit qui substitue vãthwanibya (!) à vãthwâbya (Westergaard 149, 3, note 2).

rattachés à Ameretât les gras troupeaux — les riches pâturages — le Gaokerena. Il ne faut pas conclure du premier trait qu'Ameretât fait concurrence à Vohu-Manô, le dieu des troupeaux[1];

1. C'est ici qu'il convient d'apprécier une tentative faite pour attribuer ce rôle, sinon à Ameretât en particulier, du moins au couple. Voici dans quelles circonstances. Les chapitres 5 et 37 du Yaçna, § 9, portent l'invocation suivante : ashem at vahistem yazamaidê — vohuca manô yaz. — vohuca khshathrem — vanuhîmca daênãm *vanuhîmca fçêratûm* vanuhîmca ârmaitîm. M. Spiegel (Commentaire II, 306) partant de ce point que ashem vahistem, vohu manô, vohu khshathrem, vanuhî ârmaitis sont quatre des amshaspands, conclut que *fcêratu* désigne les deux derniers, mais il ne sait trop que faire de *vanuhi daêna*. Les Parses avaient suivi la même induction et Nériosengh traduit : Uttamâm dînim açavahistim — *uttamam adhipatitvam avirdâdam amirdâdam*; autrement dit, *vanuhîm daênãm* représente *asha-vahista*, et *fçêratu* représente *Haurvatât-Ameretât*. Mais *asha-vahista* a déjà été invoqué, en tête des Amshaspands comme d'ordinaire, et le retrouver dans *vanuhim daênãm* c'est faire double emploi. D'ailleurs *vanuhî daêna* est une divinité distincte, ayant ses attributs, son yast, son jour dans le mois et dont on ne peut faire sans violence un Amshaspând. Donc la prémisse de l'induction est fausse, il y a dans l'invocation citée autre chose que des Amshaspands : c'est ce qu'avoue tacitement la traduction pehlvie qui ne cherche pas à identifier *sipîr dîn* (*vanuhîm daênãm*), bien que dans fçêratu, elle voie comme Nériosengh *qordat* et *amurdat*. Si *daêna* n'est pas un amshaspand, le doute peut s'introduire pour *fçêratu*. Le doute ne fait que croître si l'on considère les termes sanscrit et pehlvi qui le traduisent : *adhipatitva* et *çardâris*, c'est-à-dire domination. Singulier nom pour les dieux des eaux et des plantes. Ici intervient M. Justi (Manuel s. v.) : *fçêratu* est contracté de *paçu-ratu* et désigne *la domination sur les troupeaux*. Soit, bien qu'il soit un peu étonnant que Nériosengh rende « troupeau » par une préposition (adhi) et que le pehlvi ne le rende pas du tout. Consultons donc les autres exemples où paraît *fçêratu*, pour voir si nous y trouvons trace de troupeaux. Chapitre XIV, § 17, autre invocation à *vanuhyâo fçêratvô* ; le pehlvi traduit comme tout à l'heure *sipîr çardâris i qordat u amurdat*, la bonne domination de Qordat et Amurdat; mais Nériosengh ne connaît plus ici *avirdâda* ni *amurdâda*, il ne connaît que *uttamam svâmitvam* l'excellente domination; il ajoute en glose : c'est-à-dire, action d'exercer en quelque chose excellente domination. (*Kila svâmitvam vastuni uttamam karomi*) », et dans un passage absolument identique (39. 15) la traduction pehlvie confirmant Nériosengh, mais trahissant en plein Haurvatât-Ameretât, dit : pann zake sipîr çardâris, amat çardâris pann frârûnis nehagannam : avec *bonne domination*, à savoir quand j'exerce la domination avec justice. Nous voilà loin de notre couple et voici *fçêratu* qui s'en éloigne étrangement pour se mettre aux côtés de Vohu-Khshathra, la bonne royauté. Ailleurs (33. 12) le fidèle demande à Ahura de lui donner

ashâ hazô êmavat vohû mananhâ fçêratûm

ici troupeaux et pâturages font dvandva, et les premiers sont appelés par les seconds qui seuls ont rapport direct à Ameretât : dans les pâturages, Ameretât, dieu des plantes, est en plein dans son rôle ; il l'est aussi avec Gaokerena et à double titre ; en premier lieu, c'est que le Gaokerena est le roi des plantes, leur *ratu;* en second lieu, c'est que le Gaokerena est la plante d'immortalité. Ceci nous ramène à la question de la valeur primitive de Haurvatât-Ameretât.

« (donne-nous) par la pureté (c'est-à-dire au moyen, en récompense de la pureté) la force qui triomphe des violents, et en retour de la Bonne Pensée, (donne) la domination (*pann zake vohuman çardâris*). Enfin dans un dernier passage (50. 4), le poète demande où est *çpeñta ârmaiti*, où est l'excellente Pensée, où est la Puissance et

Kuthrâ ârôis â fçératu ;

le pehlvi traduit *aigh bûnîk çardâris ratu dîn bûrtârân :* où est la domination parfaite des maîtres qui portent la loi ; autrement dit, où est la domination qui s'exerce suivant la loi (*ârôis*, thème *âri*, cf. *âra* parfait. *ârôis â* = *ad perfectionem*, en suivant la perfection).

Que reste-t-il en faveur de l'assimilation de *fçératu* avec le couple Haurvatât-Ameretât ? Une induction précipitée des traducteurs Parses dans un passage, induction que le texte qu'elle interprète repousse, et que les Parses eux-mêmes se chargent de réduire à néant par la traduction qu'ils donnent des autres passages. En résumé, l'invocation qui a donné lieu à cette induction ne s'adresse pas aux Amshaspands, mais à quatre Amshaspands, entre lesquels sont intercalées deux divinités ou abstractions ayant rapport avec deux d'entre eux. En effet, daêna est, par son caractère, proche parente d'Ârmaiti ; *fçératu* étant la Domination selon le texte pehlvi, la domination suprême selon Nériosengh (*adhipatitvam*) est un des attributs de *Khshathra-vairya.*

La valeur de fçératu établie, l'étymologie du mot devient assez indifférente. Néanmoins la traduction de Nériosengh la donne aisément. Du *paçuratu de M. Justi et de la domination sur les troupeaux, inutile d'en parler : dans aucun des textes où paraît *fçératu*, nous n'avons aperçu l'ombre d'un mouton. Qu'est-ce d'ailleurs que cet *é* dérivé de *u*? Je cherche dans la phonétique du Manuel les exemples de cette transformation, et je n'en trouve qu'un : *fçératu*; c'est trop peu.— De *fçératu* = *adhipatitva* résulte *fçé* = *adhi*; c'est-à-dire que *fçé* exprime une idée soit identique à *adhi*, soit équivalente. Remplaçons *ratu* par *khshathra* qui lui est équivalent ; le zend *khsathra* a-t-il un composé équivalent à un sanscrit *adhixatra?* Oui : le composé *vaçôkhshathra* = qui règne à sa guise ; or *vaçô* paraît avec l'*ô* changé en *é* dans *vaçé-shéiti*, *vaçé-khshayañt*, etc., etc. ; si l'*a* tombe, le *v* devant une sifflante forte se change forcément en dure (ce changement a même lieu devant une sifflante douce : cf. persan *afzûdan* en regard du parsi *awazâêt*) ; donc *fçératu* = **vaçôratû*. C'est donc bien l'*adhipatitva*, la domination sans limite, l'empire d'un roi *vaçékhshayañt*, *vaçékhshathrô*.

IV.

§ 21. Nous avons vu dans les paragraphes précédents la valeur abstraite que notre couple possède aux yeux des Parses ; nous avons vu aussi que ce n'est point là leur valeur primitive; car elle dérive de leurs attributs matériels qui ne sont pas primitifs : ils ne sont les dieux de l'Abondance que parce qu'ils sont les dieux des productions naturelles, et leurs noms sont irréductibles à cette dernière notion, puisque ces noms signifient Santé et Non-mourir. La conclusion qui s'impose est la suivante : Haurvatât et Ameretât, avant d'être les dieux des eaux et des plantes, étaient les dieux de la Santé et du Non-mourir, *les dieux qui préservent l'homme de la maladie et de la mort*.

§ 22. Dans le chapitre précédent nous avons constaté que les objets matériels auxquels ils président, eaux et plantes, étaient dans l'Avesta en union étroite : nous devons constater à présent le même fait pour leurs objets abstraits. Tandis que le sens premier de Haurvatât-Ameretât s'effaçait et s'oubliait, les choses mêmes que leur nom représentait restaient toujours liées dans l'esprit des Iraniens, et l'idée qu'avait exprimée ce dvandva, incompris depuis, ils continuaient à l'exprimer dans une série de dvandvas, qui restaient compris, parce que les termes composants ne se cristallisaient pas en noms de divinités, parce qu'ils gardaient leur valeur étymologique, parce qu'ils restaient des mots de la langue courante, au lieu de devenir des personnes. Signalons particulièrement deux de ces dvandvas, l'un direct, l'autre inverse.

Dvandva direct :

Tanvô-drvatât; — *daregôgîti ustânahê*. Le premier terme *tanvô-drvatât* signifie littéralement *solidité du corps*, ce qui n'est qu'une périphrase pour rendre l'idée de *santé*, idée que le pehlvi et le persan rendent par une périphrase de même sens, composée des mêmes éléments : *tan duruçtî*[1]. Le second terme

1. *Tan* est le zend *tanu*; *duruçtî* est l'abstrait de *duruçt* vigoureux, solide : *duruçt* s'explique par une forme théorique **drvaç-ta*, formée par l'addition du suffixe *ta* à un neutre *drvanh* (état de ce qui est solide), lequel est au neutre védique *dhruvas* (même sens) dans le même rap-

est un synonyme de *non-mourir;* Nériosengh le traduit *dîrgham ǵîvitam ǵîvasya*, et le pehlvi *dêr zîvasnis i ǵân*, c'est-à-dire, la longue vie de la force vitale.

C'est ainsi que le fidèle, après avoir demandé à Haoma comme première faveur une place au Behesht, demande comme seconde faveur *drvatâtem aṅhâoçe tanvô*, comme troisième faveur *dareghôǵîtîm ustânahê*.

L'Afrigân Gahambâr (§ 14), après avoir appelé sur les princes force, victoire, empire et longue domination, leur souhaite *dareghôǵîtîm ustânahê, drvatâtem tanubyô*.

Dvandva inverse :

La maladie et la mort, *Yaçkaçca mahrkaçca*, quelquefois *akhtisca nahrkaçca*[1].

Quand Yima accepte de Ahura Mazda la royauté sur la terre, il stipule qu'il n'y aura sous son règne ni vent froid, ni vent chaud, *ni maladie ni mort* (nôit mana khshathrê bvat aotô vâtô, nôit garemô, nôit akhtis, nôit marhko. Vendidad, II. 15).

Thrita est le premier des hommes guérisseurs, le premier qui ait renvoyé *la maladie à la maladie*, qui ait renvoyé *la mort à la mort*[2] (yaçkem yaçkâi dârayat, mahrkem mahrkâi dârayat. Vd. 20, 11).

Quand les cérémonies d'exorcisme sont accomplies par un profane, la Drukhs fait grandir, devenant plus puissante qu'auparavant, *la maladie, la mort* et l'action du démon (*aesha drukhs yâ naçus ashaoǵaçtara varedhayêiti yatha para ahmât aç. hâ aêtê* yaçka *hâ aêtê* mahrka *hâ aêtê paityâra ahmatha yatha paracit* Vd. 9. 175).

Puisses-tu, dit Zoroastre à Hystaspe, puisses-tu avoir bonne vie, haute vie, longue vie (*vohuǵîti uç-ǵîti dareghô-ǵîti*)...

port que le zend *drva* au sanscrit *dhruva*. — Pour cette façon de rendre l'idée de santé, comparer le vers védique : *sthirair angair... tanûbhir* vyaçema devahitam yad âyus (1. 89. 8 firmis membris, corporibus attingamus a diis fixum aevum). — Même idée dans le persan *darmân* remède, identique pour la forme au sanscrit *dharman* et que l'on pourrait définir en style de commentateur : yad *dhârayati* (*dhruvam* karoti) tat.

1. *Yaçka* est l'équivalent du sanscrit *yaxma*, fièvre, maladie; *akhtis* est identique à l'arménien *akht* maladie.

2. Qui ait frappé de maladie la maladie et de mort la mort, c'est-à-dire le premier qui les ait vaincus (cf. § 37).

puisses-tu être victorieux comme Verethraghna, resplendissant comme Râma qâçtra, affranchi *de la maladie et de la mort* comme Kava Huçrava (*ayaçkem amahrkemca* bavâhi yatha Kava huçrava)[1].

Nous rencontrerons bientôt un autre dvandva direct *téviski utayûti* (v. § 29. 3).

§ 25. De même donc que dans le chapitre précédent (§ 10), en regard du couple Haurvatâ*t*-Ameretâ*t* considéré comme régnant sur des objets matériels, nous avons rencontré le groupe *âpô-urvarâo* constitué par ces objets mêmes; de même, en regard de ce couple considéré dans sa valeur abstraite, nous trouvons des groupes correspondants, formés par les abstractions qu'ils gouvernent; mais cette seconde corrélation est bien plus importante que la première, car elle permet d'entrevoir l'origine du couple et de résoudre la question posée à la fin du précédent chapitre (§ 11). Nous demandions alors si le génie des eaux et le génie des plantes faisaient couple parce que leurs objets faisaient couple, ou si leur union remontait à une période plus ancienne de leur histoire. Nous pouvons à présent répondre que cette dernière hypothèse est la vraie. Nous ne pouvons encore dire comment ils ont gagné l'empire des eaux et des bois; mais nous pouvons dire qu'avant de le gagner ils faisaient déjà couple, parce qu'ils étaient à leur naissance les génies de la santé et de la longue vie et que ces deux notions forment chez les Iraniens un dvandva naturel. Les couples de dieux ne sont pas toujours jumeaux : eux, ils le sont.

V.

§ 26. Comme génies des eaux et des plantes, Haurvatâ*t* et Ameretâ*t* ont pour adversaires la soif et la faim (§ 9); mais ce ne sont pas là leurs adversaires de naissance : génies de la santé et de l'immortalité, ils *devaient* avoir pour contre-amshaspands la Maladie et la Mort. C'est à cette conception que se rattachent, je crois, les noms de leurs contre-amshaspands. Nous avons vu plus haut (§§ 8-9) que ces noms sont Târic et Zâric et que les Parses y reconnaissent les daêvas de la Faim et de la Soif; cette induction était naturelle; ne connaissant point d'autres adversaires à

1. Afrin-paighâmbar-zartusht § 1 et § 8. — Cf. encore Vd. 9. 187; 20. 8. 13. 19. 25; 21. 6. 7 — Yt. 3. 7; 14. 47, etc.

nos deux génies, et les voyant d'autre part lutter contre Târîc et Zârîc, il ne pouvait leur venir un instant l'idée de douter que Târîc fût le daêva de la Soif, et Zârîc celui de la Faim : ces deux noms, étant devenus noms propres, et par suite vides de tout sens étymologique, ne pouvaient d'ailleurs élever aucune réclamation contre la valeur qu'on leur imposait.

La forme zende de *Zârîc* est *Zairica*, c'est-à-dire, en supprimant le premier *i* amené par l'épenthèse, **zar-ica;* ceci nous renvoie à la racine *zar*, sanscrit *ǵar*, s'user de vieillesse, dépérir; *zarica* est le dépérissement[1], c'est l'équivalent du sanscrit *ǵaras*, *ǵariman;* le *zairica* zend, comme le *ǵaras* védique, est la forme naturelle de la mort : *na mamâra na ǵîryati*, il ne meurt point, il ne dépérit point, dit l'Atharva (10. 8. 32); *ǵar* est à *mar* ce que la cause est à l'effet : demander d'échapper au *ǵaras*, au dépérissement, et demander l'immortalité sont chose identique :

daxiṇâvanto amṛtam bhaǵante
daxiṇâvanto pra tiranta âyuh.
Ma pṛṇanto duritam ena âran
mâ ǵârishus sûrayas suvratâsah. (Rv. I. 125. 6. 7).

« Les mortels libéraux envers le prêtre reçoivent pour leur part de ne point mourir;
les mortels libéraux envers le prêtre prolongent leur vie;
puissent les fidèles ne point tomber dans la voie douloureuse et l'angoisse!
puissent échapper au dépérissement les dévots fidèles à la loi! »[2]

Personnifions le *ǵaras* védique et nous aurons le *Zârîc* parsi :

Na hy asyâ (Indrâṇî) aparam cana *ǵarasâ* marate patis (10. 86. 11).
« L'époux d'Indrâṇi ne mourra point *des coups de Zârîc.* »

1. Cf. pour la formation *vic-ica*, mortier, de *vic*, séparer.

2. Je traduis *suvratâsah* comme je traduirais le zend **huvarenâo*, « *beh dînân* » diraient les Parses. Le sanscrit *vratá* me semble l'équivalent du zend *varenô*; il est formé comme lui de la racine *var* (vereri), avec le suffixe *-atá* qui a le sens du suffixe latin *-endus* (cf. *yaǵatá*, *darçatá*). Pour la chute de l'*a* devant une liquide, cf. *cakrus* = **cakarus*, *gnâ* = **ganâ* = zend *ghena*. *Vratá*, comme *varenô*, est donc « ce qui doit être respecté ».

yuvam cyavânam *ǵaraso* 'mumuktam (7. 71. 5).
« Vous avez délivré Cyavâna de Zâriç. »

Zâriç n'est donc point le daêva de la faim, mais le daêva du dépérissement; le Gaokerena créé selon le Bundehesh pour repousser la vieillesse, le *zarmân* (sanscrit *ǵariman*), n'est qu'une arme contre Zâriç (§ 33); Zâriç est le *zarmân* personnifié; ce n'est point l'adversaire d'Ameretât, génie des plantes, mais d'Ameretât, génie du non-mourir.

§ 26. Passons à Târiç, qui doit être le daêva de la maladie, si l'assimilation précédente est exacte. *Târîc* suppose une racine *tar*[1]; cette racine signifie en sanscrit *traverser, pénétrer*; elle donne en grec τείρω (*τερ-ιω), *percer*, τιτρώσκω, *blesser*. En sanscrit, affaiblie en *tur* (v. Grassmann, *lexique védique* s. v.), elle donne *tura* et *â-tura*, malade. Soma « guérit tout ce qui est malade » *bhishakti viçvam yat turam* (10, 25, 1 1). Le poëte, appelant les Açvins, s'écrie: *gatam bhishaǵyatam yad âturam* (8. 22. 10), « Venez guérir ce qui est malade ». Que l'on suppose un pareil appel adressé à Haurvatât, dieu de la santé, et l'on comprendra comment Haurvatât a *Târîc* pour contre-amshaspand. *Bhishakti viçvam yat turam* appliqué à Haurvatât se traduira: « il guérit des coups de *Târîc* ».

§ 27. Là où l'Avesta disait: Haurvatât et Ameretât à la fin des siècles détruiront *la faim et la soif*, le Bundehesh dit: détruiront *Târîc* et *Zârîc*. Les Parses voient dans ces deux phrases l'expression d'une seule et même chose; nous y voyons deux conceptions absolument différentes et d'âge différent; la dernière, celle du Bundehesh, est la plus ancienne; elle nous reporte à la valeur primitive des deux génies. Le Bundehesh est ici plus archaïque que l'Avesta; je ne veux point dire que les rédacteurs de ce livre comprissent encore la valeur de la formule qu'ils employaient; mais cette formule date des premiers temps de Haurvatât-Ameretât, tandis que celle de l'Avesta date de leur dernière valeur. Le rapprochement de ces deux formules donne les deux points

1. Les formes zendes *tauru taurvi* dérivent de la racine *taurv* frapper, abattre, laquelle n'est qu'un élargissement de *tar* (*tar-v*, sanscrit *turv*). La forme parsie *tâvarz* (Justi, *Bundehesh*, vocabulaire s. v.) est certainement incorrecte, comme le remarque M. Justi; il faut sans doute lire *târvaz*, ce qui ramène à *tarv* par un intermédiaire zend *taurvica*, parallèle à *tairica* (d'ou est sorti *târîc*).

extrêmes de leur histoire : à une extrémité, Santé et Immortalité combattant la Maladie et la Mort ; à l'autre extrémité, génies des Eaux et des Plantes combattant la Soif et la Faim.

Avant de chercher comment s'opéra le passage de l'une de ces deux conceptions à l'autre, nous allons passer en revue une série de textes relatifs à nos deux génies, textes appartenant à la partie la plus obscure de l'Avesta, les Gâthâs, et où la distinction de ces deux conceptions jette peut-être un rayon de lumière.

VI.

§ 28. Les *Gâthâs* ou *cantiques* sont une série d'hymnes rédigés dans un dialecte plus archaïque que le zend vulgaire et consacrés en général à exposer les principes métaphysiques et moraux du Mazdéisme. L'existence des deux principes du bien et du mal, les vertus essentielles du Mazdayaçnien, les récompenses qui attendent les fidèles du bon principe, les punitions réservées aux serviteurs des daêvas, tels sont les sujets ordinaires de ces morceaux. Les quatre premiers Amshaspands y jouent un grand rôle, ou pour mieux dire, les noms des quatre premiers Amshaspands. Ces noms sont trop transparents pour que leur valeur s'oublie, pour qu'ils cessent d'être des noms communs. Les traits matériels sont absents ou rares : l'on est en face d'abstractions, qui tantôt restent telles, tantôt se personnifient, le plus souvent incertaines et flottantes, laissant mal deviner si l'on est encore en présence d'une vertu théologale, ou déjà en présence d'un dieu.

Mais si les traits matériels manquent, ou sont peu saillants, cela ne prouve nullement qu'à l'époque où furent composées les Gâthâs, les Amshaspands n'avaient point encore reçu ou développé ces attributs matériels ; les Gâthâs ne sont d'un bout à l'autre qu'un catéchisme de métaphysique et de morale ; l'abstraction, par la force des choses, y est la note exclusive. Il importe fort peu au moraliste qui les compose qu'Ârmaiti soit le génie de la terre ; la seule chose qui l'intéresse, c'est qu'Ârmaiti est la Piété. Si Vohu-manô n'y paraît point comme Dieu des troupeaux (cf. cependant § 31, 1°), il ne s'en suit nullement qu'il ne le fût pas encore ; pour l'auteur des hymnes, Vohu-Manô n'est qu'une chose et ne doit être qu'une chose, la Bonne Pensée.

Si donc Haurvatâ*t* et Ameretâ*t* ne paraissaient point dans les Gâthâs comme génies des eaux et des plantes, il n'en faudrait point conclure qu'ils ne l'étaient pas encore à l'époque où elles furent rédigées. En fait, plusieurs passages supposent cette valeur sous-entendue (§ 30) ; dans tous les autres l'abstraction domine ; mais la valeur abstraite que leur donne le contexte n'est point partout la même ; dans les uns c'est la valeur abstraite primitive, dans les autres la valeur abstraite dérivée ; c'est-à-dire que dans les uns, ils sont dieux de Santé et d'Immortalité, dans les autres, dieux de l'Abondance. Or ceux-ci n'ont pu naître que quand les premiers s'étaient déjà transformés en dieux des eaux et des plantes (§ 16) ; donc les Gâthâs supposent la série complète du développement, elles présentent nos deux génies à leurs deux points extrêmes, elles ont des formules pour toutes leurs phases.

Y a-t-il de là quelque conclusion à tirer sur l'ordre chronologique de ces morceaux ? La chose est douteuse. L'archaïsme d'une idée ne prouve point que le passage qui l'exprime soit ancien, pas plus que l'archaïsme d'une langue ne prouve son antiquité. Prétendre que la Chanson de Roland ne peut dater que du xxe siècle, parce que l'italien de Léopardi qui est du xixe est plus près du latin, serait d'une induction téméraire ; prétendre que le Bundehesh est plus ancien que l'Avesta parce que les mêmes faits y sont souvent présentés sous un aspect plus archaïque ne serait pas plus scientifique ; établir un ordre chronologique entre deux strophes d'après le sens qu'y a Haurvatâ*t* ne serait pas au fond plus raisonnable. On peut bien dire : l'idée de la strophe *x* est plus ancienne que l'idée de la strophe *y* : il ne s'en suit pas que *x* soit antérieur à *y*. Les générations vont se transmettant les formules et les alliances de mots : vient une génération qui les met en œuvre, et qui le plus souvent les comprend autrement, parce qu'elle y lit ses idées à elle ; elle les répète bien sans les altérer dans les traits essentiels, parce qu'elle croit les comprendre, mais le sens qu'elle y voit est tout différent du sens qui y est ; ce qu'elle dit est autre que ce qu'elle croit et veut dire. Quand le Bundehesh croit dire « Haurvatâ*t* tue la soif », il dit « Haurvatât tue la maladie », et il exprime inconsciemment une pensée séparée de la sienne par des siècles (§ 27). De même, dans telle strophe des gâthâs, le rédacteur exprime la pensée de son siècle et dans la strophe voisine la pensée de ses ancêtres.

Cette réserve faite, nous pouvons suivre dans les gâthâs le cours de l'histoire de Haurvatâ*t*-Ameretâ*t*, du point de départ au point d'arrivée. Ces citations se diviseront donc en trois classes :

1° Celles où ils sont génies de Santé et d'Immortalité (*valeur abstraite primitive*) ;

2° Celles où ils sont génies des eaux et des plantes (*valeur matérielle*);

3° Celles où ils sont génies de l'Abondance (*valeur abstraite dérivée*).

§ 29. Valeur abstraite primitive :

1° *Ahmâi aṅhat vahistem yé môi vîdvâo vaocat haithîm mãthrem* yim haurvatâtô *ashahyâ* ameretâtaçca (Y. 31. 6).

« Qu'à celui-là appartienne la félicité [1], qui me révèlera en toute vérité, comme il la connaît, cette parole du Pur, *cette parole de santé et d'immortalité.* »

Ici la tradition est intéressante à consulter. Plus haut, Haurvatât était pour elle « ce qui produit tout » (§ 16) : il est à présent « *ce qui fait tout aller* dans le bien » : *mançr hamârûbashn, aigh hamâ dâm pann zak râç i mançr râvar o kveshish i auhrmazd yeamatûnît* [2]*:* « la Parole qui fait tout marcher : c'est-à-dire que toute la création, par la voie de la Parole, se range sous la domination d'Ormuzd ». On voit d'ici le procédé : ne comprenant plus dans *haurvatât* que le mot *haurva,* tout,

1. Autrement dit : béni celui, qui... La tradition, toujours préoccupée d'intérêts scolastiques, voit dans le premier vers le principe de la supériorité des docteurs de la loi sur leurs élèves : *narman îtû pâhrûm mann o li akâçihâ yemalalûne askâraku rosnak aigh herpat sipîr aigh hâvist :* « celui-là est supérieur qui dans sa science me révèle d'une façon manifeste et claire... c'est-à-dire l'*herbed* est supérieur au disciple. » Il y a bien dans le texte quelqu'un qui enseigne et quelqu'un qui veut savoir, mais rien de plus, nulle trace d'institution. Autant vaudrait voir allusion à un corps enseignant dans le vers védique : *acikitvân cikitushaç cid atra kavîn prchâmi vidmane na vidvân :* « ne comprenant pas ces choses, j'interroge les sages ici présents qui pourraient les comprendre, afin de savoir, moi qui ne sais pas » (1. 164, 6).

2. *Zak râç* est une correction de M. Spiegel (Commentaire, II, 239), le texte porte *rak râç*. Je transcris *auhrmazd* au lieu de la lecture traditionnelle *anhûmâ* qui a encore trop de partisans, bien que la lecture véritable ait depuis longtemps été indiquée par M. Westergaard (Zend Avesta, préface, p. 20, n. 2) et démontrée par M. Garrez (Journal asiatique, 1869, II, 195 sq.). — Je représente par *l* le *l* sémitique et par *r* le *r* persan, quel que soit le caractère pehlvi qui les représente (*l* ou *r* ou *n*); c'est la seule chose à faire du moment qu'on vocalise : la transcription, infidèle au point de vue paléographique dès qu'on ajoute les voyelles, devient du moins plus fidèle phonétiquement. Le groupe KNTNN se prononçait certainement *kartann;* le transcrire *kantann,* c'est prendre un fait d'écriture pour un fait de phonétique.

on relie ce mot à *mãthrem* en sous-entendant une idée édifiante. On arrive ainsi du même coup à donner un sens à un mot embarrassant et à édifier le fidèle : il y a double profit.

J'ai séparé *ashahyâ* des deux génitifs qui l'entourent et j'ai traduit en le rapportant directement à *mãthrem*, au lieu de l'y rapporter indirectement comme les deux autres par l'intermédiaire de *yim*[1]; autrement dit, je fais le mot-à-mot suivant :

mãthrem ashahyâ yim haurvatâtô ameretâtaçca.

Je m'y crois autorisé par un passage du même hymne, qui est la contre-partie de celui-ci :

1° bis. *mâ cis at vé* dregvatô mãthrãççâ *gûstâ çaçnâoçca*
âzî demânem vîçemvâ shôithremvâ daqyûmvâ âdât
dushitâcâ mahrkaêcâ. (18)

« Que nul de vous n'écoute les *Paroles* et les enseignements *du Pervers;* il porterait dans sa maison, dans son bourg, dans son pays, dans sa province, *la maladie et la mort*[2]. »

Ces deux morceaux expriment l'un sous forme directe, l'autre sous forme inverse, une seule et même idée: à la Loi du Bon Principe sont attachées santé et immortalité.

Même pensée, sous forme directe :

2° *at fravakhshyâ hyat môi mraot çpeñtôtemô*
vaçé çrûidyâi hyat maretaêibyô vahistem
yôi môi ahmâi çeraoshem dãn cayaçca
upa ģimen haurvâtâ ameretâtâ[3] (44, 5).

1. Si les trois génitifs étaient parallèles, on aurait probablement, étant données les habitudes de style des Gâthâs, *ashahyâcâ.*

2. La tradition, dans *dushiti*, semble voir *dus+iti*, pehlvi *dûsrubasnis* Nériosengh *dushtâm pravrttim*). Il faudrait pour cela qu'on eût *dujiti* (cf. *dujita = dus+ita*). *Dushiti* se ramène donc, comme le veut M. Justi (s. v.) à la racine *dush* (pour le suffixe, cf. p. 371, § 220, e). Cette racine signifie : « mettre à mal, *corrumpere* ; » de là le sanscrit *dosha*, mal, au sens général du mot, et dans un sens spécial, *maladie* (Dictionnaire de St-Pétersbourg s. v. 6 et 7), *dushti*, corruptio. Donc étymologiquement le mot zend *peut* signifier *maladie*; et il *doit* le signifier parce qu'il fait partie d'un couple dont le second terme est *mahrka* et qu'il s'annonce par suite comme un substitut de *yaxma*, *akhti* (cf. § 24). — *Dushitâ* est un locatif à forme védique (Benfey, Grammaire sanscrite, § 302, n. 3). — Pour la construction *daqyûm âdât dushitâ*, provinciam in morbo ponat; cf. la construction védique absolument équivalente : dyâvâ pṛthivî ame dhâs (1, 63, 1) « cœlum et terras in robore posuisti. »

3. Vaçé : nouvel exemple du changement de *ô*, ou pour mieux dire de *as* en *é* (cf. *fçératu*, § 20) ; le prâcrit de Mâgadha offre un exemple

« Je vais proclamer ce que m'a dit le très-saint, parole excellente à entendre pour les mortels : ceux qui pour elle me prêteront l'oreille, me donneront leur attention, à ceux-là viendront *Haurvatât* et *Ameretât.* »

Je personnifie ici les deux mots, parce que le vers qui suit immédiatement prouve qu'il s'agit de divinités et non d'abstractions :

Vaṅhéus manaṅho skyaothnâis mazdâo ahurô

« Grâce aux actes de la Bonne Pensée, viendra à eux Mazda ahura. »

Mais de quoi sont-ils ici la personnification? Est-ce de l'abondance, ou de la santé et du non-mourir? La strophe 10 du même morceau va nous répondre :

3° *tém né yaçnâis ârmatôis mimaghjô*[1]

analogue : eçe puliçe = *esha purushas* (grammaire de Vararuci, XI, 10). Pour le vers 3, le texte de M. Spiegel place *ahmâi* après *çeraoshem*; je suis le texte de M. Westergaard dont l'exactitude est confirmée par l'ordre des mots dans Nériosengh et dans le pehlvi. — La tradition prend *çrûidyâi* au causal (à faire entendre, à prononcer); à tort : il ne s'agit que d'écouter, comme le prouve le vers suivant. — Il est difficile et sans intérêt de savoir si *ahmâi* se rapporte à *môi* ou doit être au neutre.— La tradition rend *dãn cayaçca* par *âsvâdayati* et *câshît*, « faites goûter », c'est-à-dire *répandez*, *propagez;* cette traduction donne un sens raisonnable, mais impossible étymologiquement : *cayanh* ne peut avoir aucun rapport avec *cash* et renvoie impérieusement à une racine *ci.* Mais laquelle? M. Justi, préoccupé de retrouver le sens traditionnel, y voit la racine *ci* « amonceler » et traduit Anhæufung, Ausbreitung (*entassement, diffusion*). Je ne puis comprendre le passage du premier sens au second, ni comment l'on peut dire : *je mets en tas* (sens de *ci*) pour signifier « je répands ». — Mais à côté de *ci* entasser, il y a une autre racine *ci* qui signifie *faire attention*, racine zende et sanscrite (Justi s. 1. *ci* 1. — Dictionnaire de Saint-Pétersbourg, *ci* 2); *cayanh dãn* signifie donc « donner l'attention »; il n'introduit pas une idée nouvelle, mais complète *çeraoshem dãn.* — Cette racine *ci* a développé une racine secondaire *cit*, qui a accaparé toute la dérivation, sans pourtant en effacer toute trace; ainsi en sanscrit, à côté de *cettar* « observateur attentif », se trouve encore la forme *cetar* (Dict. de St.-P., s. v.)

1. Le pehlvi rend *mimaghjo* par *maçînasn*; Nériosengh a un mot inintelligible *mahâgîs*, mais qui prouve, comme le remarque M. Spiegel, qu'il reconnaissait dans *maçînasn* le mot *maç* grand. A-t-il eu tort? je ne crois pas. Régulièrement *maçînasn* se donne comme l'adjectif verbal d'un verbe *maçînîtan*, causal de *maç* et par suite signifiant « rendre grand. » Le sens et l'étymologie s'accommodent parfaitement de cette explication. *Mimaghjo* est le pluriel d'un adjectif *mimaghj* qui n'est autre que le thème désidératif de la racine sanscrite *mah*, *mimaksh; cette racine *mah* signifie « exalter, honorer un dieu par le sacrifice ou

yé ãnmainî mazdão çrâvî ahurô
hyat hôi ashâ vohûcâ côist manañhâ
khshathrôi hôi haurvâtâ ameretâtâ
ahmâi çtôi dãn tévîshî utayûitî.

« Nous voulons l'honorer avec les sacrifices d'Ârmaiti (de la piété), lui qui porte le nom de sage suprême.

Quiconque dirige vers lui sa pensée avec pureté et bon esprit, en son pouvoir viennent *Haurvatât* et *Ameretât*, lui donnant continuellement *force* et *durée*.

Voici un nouveau dvandva qui vient prendre place à côté des couples *tanvô drvatât, dareghô gîti; yaçkô, mahrkaçca* (§§23-24), et qui exprime d'une nouvelle façon l'idée première engagée sous les noms des deux génies. Ici le dvandva est parfait et les duels *tévîshî utayûitî* répondent, *yathâkramam*, aux deux duels *Haurvâtâ Ameretâtâ*. *Tévîsî* est le védique *tavishî* force ; il a dans l'Avesta le même sens ; Nériosengh le rend en général par *çakti* et le pehvi par *tûbânîkish*. *Utayûiti* est rendu en sanscrit par *adhyavasâya*, en pehlvi par *tokhshû*, ce qui donne pour sens *pertinacitas*, persistance ; mais il s'agit de la persistance passive, de la persistance de l'être, *la durée ;* la traduction de Nériosengh est ici très-exacte : *amṛtyupravṛttes amirdâdasya vyavasâyam*, c'est-à-dire : « la persistance donnée par Ameretât qui rend immortel. » L'étymologie confirme ce sens : bien que les éditions ne donnent que *utayûitî*, je crois que si l'on considère combien il est, le plus souvent, difficile dans les manuscrits de distinguer *u* de *i*, l'on ne regardera pas comme téméraire de corriger en *itayûiti*, ce qui nous conduit directement au védique *itaûti*, concordant de forme et de sens. Quant à la forme, l'insertion d'un *y* euphonique pour éviter l'hiatus a son analogue dans les formes comme *uruyâpa* pour *uru-âpa*, et même dans l'intérieur des mots simples, de racine à désinence[1]. Quant au

les hymnes », et *yaçnâis mimaghj* rappelle les formules védiques comme : *çamîbhis, suvṛktibhis, arkâis mahaya ; yagnam mahayat* ; *adhvarâya mahema* (Dict. St-Pétersbourg, s. *mah*). — *coist* = **cet-t* ; *cit* est une des racines qui marquent la pensée religieuse (*agnim mahayanta cittibhis* 3, 3, 3). — Dans *khshathrôi* la tradition voit naturellement l'amshaspand *khshathra vaiyra*, et elle le construit parallèlement à *haurvâtâ* (*saharcvaram asmâi avirdâdam amirdâdamca*) ; c'est d'une construction grammaticale assez leste. En réalité, *khshatrôi hôi* = « sont dans son cercle de domination », *asya pradiçe*. — Pour çtôi, voir Justi, s. v.

1. Cf. Justi, p. 358, § 10.

sens, la seule différence c'est que le mot, substantif en zend, est adjectif en sanscrit :

Kim svid vanam ka u sa vṛxa âsa
yato dyâvâpṛthivî nishtataxus
samtasthâne agare itaûtî. (10. 31. 7)

« Dites, quel bois était-ce, quel arbre, d'où ils ont taillé le Ciel et la Terre, ces deux êtres immobiles, *qui ne vieillissent pas, qui durent.* »

Tévîshi et *utayûiti*, ou plutôt comme nous écrirons désormais, *itayûiti*, sont donc les attributs naturels de Haurvatâ*t* et d'Ameretâ*t*; le dieu de la Santé donne la *vigueur*, le dieu du Non-mourir donne la *durée*.

4° ameretâitî *ashaonô urvâ aêshô*
itayûtâ *yâ nerãs çâdrâ dregvatô* (44. 7)

« L'âme du pur aspire à *l'immortalité et à la durée*, lesquelles sont étroites pour les pervers [1]. »

Ameretâ*t*, comme nous l'avons déjà remarqué, est un mot à double sens ; le non-mourir peut désigner soit la longue vie terrestre, soit une vie céleste et éternelle qui suit la vie d'en bas. Quand l'idée de la vie future et de la résurrection eut produit un dogme précis, et d'une importance essentielle dans le Mazdéisme, *ameretât* n'offrit plus que la seconde idée, et la première disparut du mot, parce que toutes les fois qu'un mot religieux est susceptible de deux sens, le sens le plus imposant et le plus mystique refoule forcément le sens vulgaire et sensible. Aussi, toutes les fois que la tradition s'attache dans Ameretâ*t* au sens étymologique, elle y voit l'immortalité de la vie future, celle qui suit la résurrection du corps, le *tan i paçîn*[2]. Tel était le cas

1. Nériosengh fait de itayûtâ un adjectif, au nominatif ou à l'accusatif, ce qui est impossible, itayûtâ étant pour la forme un locatif, parallèle à ameretâitî : *adhyavasâyino ye narâ âyâsino durgatimantas* ; il me semble impossible d'expliquer grammaticalement cette traduction; Nériosengh s'est contenté de traduire au fur et à mesure les termes du pehlvi en mettant au hasard, comme souvent, les désinences. Le pehlvi porte : *amat gabrâ (u?) tang darvand*; *çâdrâ* est en effet ordinairement rendu par *tangî* « étroitesse » (Spiegel. Comment., II, 44); le pehlvi semble donc signifier : *tandis que le pervers est à l'étroit* (quum homo arctus pravus). Notre traduction n'en diffère que grammaticalement : *yâ* est relatif, *çâdrâ* est un adjectif signifiant étroit et construit avec l'accusatif, parce que le sens verbal (mettant à l'étroit, serrant) est encore senti. (Le même passage est cité Vispered 21, 4 avec le génitif *nars... dregvatô*). Le sens est que les jours des pervers sont limités.

2. Le second corps (le *pâçcâtyam vapus* de Nériosengh).

dans le vers précédent, et il est difficile de dire si c'est à raison ou à tort, parce qu'il est impossible de savoir si le groupe *ameretâiti itayûtâ* présentait encore au rédacteur de cette strophe le sens qu'il avait quand il est né. En voici une où Ameretât a bien certainement le sens récent et désigne l'immortalité céleste :

5° *yêzî adâis ashâ druġem vênhaitê*
hyat âçashutâ yâ daibitânâ fraokhtâ
ameretâitî *daêvâisca mashyâisca*
at tôi çavâis vahmem vakhshat ahurâ. (47. 1)
« Au jour où Asha tuera la Druġ, *au jour de l'immortalité,* quand aux daêvas et aux hommes sera faite la rétribution qui mensongèrement fut niée [1], alors s'élèvera vers toi avec sainteté un hymne puissant, ô Ahura [2]. »

§ 30. Nous passons aux textes de la seconde classe, ceux qui supposent la transformation des dieux de Santé et d'Immortalité en dieux des eaux et des plantes.

Voici une strophe où le passage se marque :

1° *dâidî môi yê ġãm tashô apaççâ urvarâoççâ*
ameretâtâ haurvatâtâ *çpenistâ mainyû mazdâo*
tévîshî itayûitî *mananhâ vohû çenhê* [2]. (50. 7)
« Donne-moi, toi qui as créé la vache, et *les eaux et les plantes,*
donne-moi, ô très-saint esprit, Mazda, *l'immortalité et la santé,*

1. On peut mettre en regard de ces vers les lignes suivantes du Coran (cf. la dernière note du § 8) :

(Les infidèles se lèveront de leurs tombeaux), et regarderont de tous côtés :

Malheur à nous ! s'écrieront-ils ; c'est le jour de la rétribution.

— C'est le jour de la décision, leur dira-t-on, ce jour que vous traitiez de chimère (37, 19 sq., trad. Kasimirski).

2. *âçashuta* = venu en partage (v. Justi s. v.). La tradition ne comprenant plus *âça* ne l'a pas traduit (*amat zak deamatannît*). *âça-shu* est un composé à la façon du sanscrit *çuklî-bhû*, mais le thème est encore inaltéré (cf. *duskhâ-kar*). Le vers signifie mot-à-mot : quand seront réparties les choses dont il a été parlé avec mensonge (mannash pann friftâris frâc guft, aigh : lâ yeamatûnit « dont on parlait mensongèrement, disant : elles ne viendront pas »). *Daibitana* nous montre le thème d'infinitif du perse et du persan employé en zend avec son sens primitif de substantif. — La traduction du dernier vers est douteuse : elle est d'ailleurs indifférente à notre objet.

la force et la durée, pour avoir suivi les leçons de la Bonne Pensée[1]. »

Dans cette strophe, *Haurvatât Ameretât* ont encore leur valeur primitive, mais leur rapprochement avec *apô urvarâo* montre qu'ils sont près d'en prendre une nouvelle. Dans la suivante, le pas est franchi, mais les alliances nées dans une période antérieure subsistent encore :

2° *at tôi ubê* haurvâoçca *qarethâi â* ameretâtâoçca
vañhéus khshathrâ manañhô ashâ mat ârmaitis vakhst
itayûitî tévîshî *tâis â Mazdâ.* (34. 11)

« C'est de toi que viennent les aliments de Haurvatât et d'Ameretât; puisse sous le règne de la Bonne Pensée croître (en nous) la Piété avec la Pureté; (donne-nous) en retour force et durée, ô Mazda[2]. »

Haurvatât et Ameretât sont bien ici, comme le veut Nériosengh, *udakapatis* et *vanaspatipatis*, maître des plantes et maître des eaux. Mais ils amènent encore à leur suite le couple *tévîshî utayûitî,* qu'ils s'étaient attaché dans une période antérieure; le rapprochement extérieur persiste, bien que le lien intime soit rompu; les alliances anciennes survivent à leur raison d'être, c'est la force d'inertie qui agit.

Dans la strophe suivante, les deux termes sont à deux étapes différentes :

3° *frô môi fravôizdûm arethâ tâ yâ vohû shavâi manañhâ*
yaçnem mazdâ khshmâvatô at vâ ashâ çtaomyâ vacâo

1. *mananhâ vohû çenhê* : « in documento per vohu manô; étant enseignement par vohu manô », c'est-à-dire donne-moi ces biens, si j'ai suivi les leçons de la Bonne Pensée. — Le trio *gãm apaçca urvarâoçca* rappelle le passage de Strabon qui montre réunis dans un même culte Ἀναῖτίς, Ἀνάδατος (lire Ἀμάρδατος, cf. Windischmann, die Persische anâhita, Abhandlungen der bairischen Akademie 1858) et Ὠμανός, c'est-à-dire Anâhita, Ameretât et Vohu-Manô, les divinités des eaux, des plantes et des troupeaux, apô, urvaraô, gãm.

2. Le mot-à-mot du premier vers est : in te (*tvattô, min lak*), Haurvatâtis et ameretâtis uterque alimento (est). Le pehlvi *khordat khortân* nous offre un exemple de cette alliance qui a dû contribuer à amener le changement du *h* primitif en *kh* (cf. la dernière note du § 7). Au troisième vers, Nérioseng sous-entend *tvam dehi;* de même le pehlvi. La présence de *â* semble indiquer qu'il faut plutôt sous-entendre une idée de mouvement : *itaûti tavishî tâis â (*gacchatâm*).

dâtâ vê ameretâtaçca itayûitî haurvatâo draonô. (33. 8)

« Faites, faites-moi connaître ces deux objets, pour que je marche dans les voies de la Bonne Pensée,
(à savoir) : le sacrifice, ô Mazda, que mérite un dieu tel que vous; d'autre part les pures paroles de l'hymne;
donnez-moi *la durée dont dispose Ameretât et les biens de Haurvatât*[1]. »

Ameretâ*t* n'est point ici le dieu des plantes, puisqu'il est accompagné d'*itayûiti*, qui en fait le dieu de l'Immortalité, et le place à sa première étape. Mais Haurvatâ*t* est ici divinité de l'abondance, puisqu'il dispose des biens matériels, du *draonô*, ce qui le met à sa seconde étape. Le couple Haurvatâ*t*-Ameretâ*t* n'est donc uni ici que par un lien extérieur et artificiel, les deux figures ne sont pas sur le même plan. L'habitude de la formule a amené un contre-sens mythique; elle a rapproché les deux noms sans égard aux qualités d'ordre différent qu'ils supportent; les deux facteurs n'ont pas varié, mais les exposants ne sont plus les mêmes.

La strophe suivante offre peut-être le même désaccord, mais moins sensible, parce que les deux dieux ne sont pas placés symétriquement.

4° *yâ skyaothnâ yâ vacanhâ yâ yaçnâ* ameretâtem
ashemcâ taêibyô dâonhâ mazdâ khshathremca haurvatâtô
aêshãm tôi ahurâ êhmâ pourutemâis daçtê. (34. 1)

« Les actes, les paroles, les sacrifices par lesquels je pourrai acquérir, ô Mazda,
l'immortalité, la pureté et le pouvoir sur Haurvatâ*t*,
de tout cela, ô Ahura, nous te donnons le plus que nous pouvons[2]. »

1. Le mot que je traduis par biens est *draonô*. Dans la liturgie ce mot désigne un morceau de pain rond. J'ai peine à croire qu'il s'agisse ici du *darûn*. Nériosengh traduit : *avirdâdasya utsavam :* la réjouissance de Haurvatât. Draonô est phonétiquement identique au védique *dravinas* biens, richesses; *dâtâ draonô* rappelle *dravinodâ*, qui donne les richesses, épithète des dieux.

2. *Yâ.. taêibyô* = *yaêibyô*. C'est déjà, *avant toute invasion sémitique*, la construction du relatif persan. — Je regarde *dâonhâ* comme un futur de dhâ, avec chute de *y* après *h* (cf. Justi, Manuel, p. 365, § 103, 10); mais peut-on lui donner le sens du moyen?

En réalité dans cette strophe il n'y a point de détail décisif qui ordonne de voir dans Haurvatâ*t* un dieu de l'abondance plutôt qu'un dieu de la santé. Mais comme il n'y a non plus aucune raison pour lui donner ici sa valeur primitive, j'ai cru devoir m'en tenir au sens traditionnel.

§ 31. Valeur abstraite dérivée :

Le poëte, après avoir annoncé aux méchants longue habitation dans l'enfer, *nourriture déplaisante* (dusqarethem) et paroles d'insulte (§ 8), ajoute :

1° *mazdâo dadhâ*t *ahurô* haurvatô ameretâtaçca
bûrôis ashaqyâca qaêpaithyât khshathrahyâ çarô
vañhéus vazdvare manañhô yé hôi mainyû skyaothanâisca urvathô. (31. 21)

« Ahura Mazda a donné le pouvoir sur le riche Haurvatâ*t*, sur le riche Ameretâ*t*,
il a donné la royauté pure et l'indépendance,
et les richesses de Vôhu-manô, à quiconque lui est ami de pensée et d'action [1]. »

Voici deux strophes consécutives où tous deux paraissent encore : dans la seconde ils sont certainement divinités de l'abondance, dans la première leur caractère est incertain.

2° *Tat thwâ pereçâ eres môi vaocâ ahurâ*
*kathâ mazdâ zarem carâni haca khsma*t
*âçkitîm khshmâkãm hyatcâ môi qyâ*t *vâkhshaêshô*
çarôi bûjdyâi haurvâtâ ameretâtâ
*avâ mâthrâ yé râthemô ashâ*t *hacâ.*

3° *Tat thwâ pereçâ eres môi vaoçâ ahurâ*
*kathâ ashâ ta*t *mîjdem hanâni*
daça açpâo arshnavaitîs ustremca
*hya*t *môi mazdâ apavaitî* haurvâtâ
ameretâtâ *yathâ hî taibyô dâoñhâ.* (43. 17. 18)

« Je te demande une chose, réponds-moi vrai, ô Ahura !
Quand, ô Mazda, arriverai-je à saisir de vous
l'accomplissement attendu, à posséder cet objet désiré de mes prières,

1. *Çarô* gouverne tous les génitifs des deux premiers vers. *Dadhât ameretâtô çarô* signifie : il a mis ameretâ*t* au pouvoir de..., c'est l'actif de *khsathrôi hôi* (v. § 29. 3). Cf. la citation suivante. *Qaêpaithyât khsathrahyâ* forme une seule expression : le pouvoir qui ne dépend que de lui-même (cf. vaçôkhshathra); c'est donc un synonyme de *fcératu.*

qu'en mon pouvoir soient Haurvatât et Ameretât,
récompense de la pureté, obtenue en suivant la Parole sainte[1].

Je te demande une chose : réponds-moi vrai, ô Ahura !
Quand par la pureté gagnerai-je cette récompense :
dix cavales avec leurs mâles et un chameau;
que je voie en mon pouvoir Haurvatât et Ameretât,
pour que de leurs biens je puisse te faire offrande[2]? »

§ 32. Si nous résumons à présent les formules précédentes, nous voyons que nos deux génies s'y trouvent à tous les degrés de développement. Ils y sont réunis soit en couple naturel, soit en couple artificiel; en couple naturel primitif, comme dieux de la Santé et de l'Immortalité (§ 29, 1, 2, 3; § 30, 1) ; en couple naturel secondaire, d'abord comme dieux des eaux et des plantes (§ 30, 2), puis comme dieux de l'abondance (§ 31, 1, 2, 3) ; en couple artificiel, l'un étant encore dieu d'immortalité, l'autre déjà dieu d'abondance (§ 30, 3).

Ainsi, dans la partie de l'Avesta réputée, à tort ou à raison, pour la plus ancienne, la transformation matérielle des deux génies est déjà faite. Mais, malgré cela, des traces manifestes et nombreuses de l'ancienne valeur subsistent; dans telle formule, sous le sens nouveau que les néo-mazdéens y voient, perce encore le sens antique. En voici un nouvel exemple. Une invocation à Âtar (le feu, l'Agni iranien) porte :

mazé avaqyâi mazé rafenôqyâi dâidî haurvâtâo ameretâtâo[3]. (57. 20)

1. Le mot-à-mot de *zarem carânî* me semble être *apprehensionem accedam* (*zar* = sscr. *har* saisir), quand arriverai-je à saisir. — *âçkitîm khshmâkãm : kartârisî lakum* votre action, la glose ajoute : quand seront parfaites votre action et votre loi. — *Vâkhshaêshô* = vocis votum. — *râthemô* = *mizd*, *dânam* (Nériosengh); la racine est *râ* donner (Dict. de Saint-Pétersbourg, s. v.); *râthemô* est équivalent pour le sens et la racine au védique *ratna*; cf. *dadhâti ratnam vidhate*, il donne des biens à qui l'honore (RV. 4, 2, 3).

2. *Môi apavaitî* est rendu en pehlvi par *dar khavitûnam*, que je voie; de même Nériosengh : *me yat evam vedmi*. — On peut conclure, si l'on veut, du troisième vers que dix couples de chevaux et un chameau formaient *l'unité* de fortune.

3. Reste pour épuiser la série gâthique la strophe 46. 1. Mais rien dans le contexte ne détermine la valeur des deux mots :

çpeñta mainyû vahistâcâ mananhâ
hacâ ashât skyaothanâcâ vacanhâcâ

« à grand secours, à grande joie, donne-nous Haurvatât et Ameretât[1] ».

Cet appel d'un dieu, *à secours et à joie* (avaṅhê rafnaṅhê), se retrouve ailleurs, appliqué à des divinités différentes et devenu *de style*[2] ; on n'attache plus de sens précis à la formule, souvent même on ne sent plus qu'elle se suffise à elle-même et les deux termes deviennent membres d'une énumération plus étendue[3]. Or, cette formule reçoit sa pleine valeur de son rapprochement avec des divinités qui ont commencé par être la santé et l'immortalité; le dieu de la santé avait droit particulier à être invoqué « *à secours* », puisqu'il a pour fonction spéciale de chasser la maladie et de donner le remède; *rafnaṅh*, la joie, la félicité, s'appliqua non moins bien à l'idée de longue vie, terrestre ou céleste :

thwahmî rafnahî *daregâyû ... buyêmâ;* (41. 10)
« envoie-nous la félicité, puissions-nous avoir longue vie[4] »!
rapôisca *tû né daregemcâ ustâcâ.* (41. 11)
« puisses-tu nous donner la félicité de la longue vie[5] ! »

L'idée de *rafnaṅh* ou félicité était donc attachée à l'idée de longue vie, et par suite il était aussi naturel de la demander à Ameretât, dieu d'immortalité, que de demander *secours* (avaṅh) à Haurvatât, dieu de santé. Malgré donc que les Parses modernes dans cette formule même fassent d'Ameretât et de Haurvatât l'eau et les plantes, et quand même telle aurait été la pensée de

ahmâi dã haurvâtâ ameretâtâ
mazdâo khshathrâ ârmaitî ahurô

« En récompense de la sainteté de l'esprit, de l'excellence de pensée, d'action et de parole, dirigée par la pureté, Ahura Mazda, Khsathra et Ârmaiti nous donneront Haurvatât et Ameretât (c.-à-d. soit la santé et l'immortalité, soit les biens de l'abondance; *udakam vanaspatim*, dit Nériosengh). »

1. *Avaqyâi*, thème *avas-ya;* c'est le thème du dénominatif védique *avasya* (avasyate).

2. Voir yast I, 9.

3. Par exemple, Yast X, 5 *avanhê ravanhê rafnanhê marjdikâi baêshazyâi*, etc., à secours, à bien-être, à félicité, à miséricorde, à remède, etc. — Yt. 13. 1. »

4. *thwahmî rafnahî* est un locatif absolu : étant félicité tienne (qui vient de toi) : *tavânandakrtâu* dit Nériosengh, c'est-à-dire « étant de toi action de faire félicité ».

5. Mot-à-mot : puisses-tu nous réjouir longtemps et en santé. Nériosengh, inexact grammaticalement, est exact pour le sens : *pramodatvam... dîrghaprâptyâ gîvasya :* félicité par longue obtention de la vie.

ceux qui donnèrent à cette formule sa forme définitive, nous avons le droit de dire que le rapprochement qui en fait le fond remonte à une époque où la valeur primitive des deux dieux était encore sentie.

VII.

§ 33. Mais ce n'est point seulement dans les parties dites anciennes de l'Avesta que paraît le caractère primitif de Haurvatâ*t* et d'Ameretâ*t*. Il perce jusque dans les parties certainement récentes, dans celle où l'on sent le mieux le travail de révision, de coordination qui a donné au Mazdéisme sa forme définitive et dernière, je veux dire dans les Sîrozah, c'est-à-dire dans ces calendriers où sont rangés hiérarchiquement, chacun avec sa formule, tous les dieux du Mazdéisme. Reprenons en effet les deux formules étudiées plus haut (§§ 19, 20).

1. Nous avons vu que dans la formule d'Ameretâ*t* l'on invoque les gras troupeaux, les riches pâturages, et le Gaokerena, puissant, créé par Mazda. Nous avons vu que les deux premiers termes se rapportent à Ameretâ*t*, considéré comme dieu des plantes ; le Gaokerena, avons-nous ajouté, lui est consacré, parce que le Gaokerena est le roi des plantes. Mais cette valeur du Gaokerena n'est qu'une valeur dérivée, il est le roi des plantes, parce qu'il est la plante qui donne l'immortalité, parce qu'il a été créé pour repousser la vieillesse (zarmân)[1], parce que celui qui en mange ne meurt pas[2]. Dès lors, son lien avec Ameretâ*t* remonte non plus à la seconde période du dieu, mais à la période primitive ; ce n'est pas à Ameretâ*t*, dieu des plantes, qu'il est lié, c'est à Ameretâ*t*, dieu d'immortalité, et le rapprochement dans la même formule des riches pâturages et du Gaokerena suffirait à lui seul pour nous faire connaître les deux âges de la vie du dieu.

2. Passons à Haurvatâ*t*. Il était invoqué avec *yâiryâo hushitôis*, le bien-être de l'année, c'est-à-dire les biens qu'apporte l'année. Il paraît donc bien là comme dieu de l'abondance et sous sa forme dernière. Mais il n'y paraît tel, comme nous l'avons déjà remarqué plus haut (§ 19), que grâce au mot *yâiryâo* qui détermine *hushitôis*. *Hushiti* par lui-même signifie : le bien-être, il est le synonyme de *huġyâiti*, la bonne vie (cf. § 19). Or, d'autre part, *huġyâiti* équivaut à Haurvatâ*t* et le supplée dans ses combinaisons avec Ameretâ*t* ; il est dit, par exemple, que le démon en

1. Bundehesh, 19. 19. Zarmân est l'abstrait de Zâriç (§ 26).
2. Bundehesh, 42. 14 ; 59. 5.

trompant les hommes et en leur inspirant le mal, « les fraude de *huǵyâiti* et de *ameretât*[1] », c'est-à-dire de la bonne vie et de l'immortalité, ce qui est une contre-partie manifeste des passages où l'on promet à qui suit la bonne loi Santé et Immortalité, et une variante de celui où l'on annonce au fidèle de la mauvaise loi la maladie et la mort (§ 29, 1 *bis*). Donc *huǵyâiti* est un équivalent de *haurvatât* au sens primitif du mot, et la tradition, qui a oublié ce sens dans *haurvatât*, le reconnaît parfaitement dans *huǵyâiti*, dans ce passage; en effet, Nériosengh le traduit par *suǵîvani*, *yat çakyate ǵîvatum*: « bonne vie, c'est-à-dire force de vivre »; le pehlvi exprime l'idée sous la forme inverse : *apagayêhê lâ yehavûnît*, « il n'y a rien qui emporte la vie»; autrement dit, pour Nériosengh, *huǵyâiti* est la santé qui fait vivre, pour le pehlvi la santé qui chasse la maladie; des deux parts, *huǵyâiti* est ce que fut d'abord *haurvatât*. Par suite *hushiti*, équivalent actuel de *huǵyâiti*, est un des équivalents de l'ancien *haurvatât*; ou du moins, il exprime une idée étroitement voisine, l'idée de sécurité et de bien-être, et l'on peut supposer que dans une période antérieure, avec *haurvatât*, santé, l'on invoquait *hushiti*, sécurité ou bien-être[2]. Mais *hushiti*, par la largeur de son sens étymologique, pouvait aisément étendre ou rétrécir ce sens suivant le milieu, et quand *haurvatât* changea, qu'il fut devenu dieu des eaux, et par suite dieu des productions matérielles, *hushiti*, pour le suivre dans sa nouvelle fortune, n'eut qu'à s'adjoindre une épithète convenable[3].

VIII.

§ 34. Il résulte de ce chapitre que Haurvatât et Ameretât ont été dans une période antérieure autre chose qu'ils ne sont aujour-

1. *debnaotâ mashîm huǵyâtoîs ameretâtaçca... akaçcâ mainyus* (32. 5): *debnaotâ* est un nom d'action construit verbalement; la forme sanscrite serait *dabh-no-tar; cf. pour l'addition du suffixe *tar* à la caractéristique renforcée, le védique *man-o-tar*.

2. Rig Veda, I. 111. 2, l'on demande aux rbhus « yathâ *xayâma sarvavîrayâ viçâ* » : c'est demander *hushiti* et *haurvatât* (§§ 14, 4; 19). — Dans l'Avesta, on demande encore aux dieux *dareghôshitîm* : c'est comme si on leur demandait *dareghôǵîtîm* (Yaçna, 67, 42).

3. De même *huǵyâitis* n'aurait qu'à passer du singulier au pluriel, pour passer du sens de « bien être » au sens de « objets qui procurent le bien être »; c'est le sens du mot *huǵîtayô* (Y. 33. 10), mot absolument formé de la même façon.

d'hui. Cette valeur antérieure est inscrite dans leurs noms, Santé et Immortalité, et les textes montrent par des traces nombreuses qu'ils ont eu réellement, dans une époque historique, la valeur dont leurs noms témoignent. Ici se pose la troisième question posée au début de la première partie de notre travail (§ 4) : comment s'est fait le passage de la valeur primitive à la valeur actuelle : comment les dieux de la Santé et de l'Immortalité sont-ils devenus dieux des eaux et des plantes?

CHAPITRE TROISIÈME.

Rapport de la valeur abstraite et de l'attribut matériel.

I

§ 35. Pour que les dieux qui donnaient la Santé et l'Immortalité soient devenus les dieux des Eaux et des Plantes, il faut que l'on ait cru que les eaux et les plantes donnaient la santé et l'immortalité.

Cette induction nécessaire, les textes l'appuient-ils? Eaux et plantes ont-elles cette vertu? — Oui, répond l'Avesta.

§ 36. Eaux. « Venez, ô nuées, venez avec vos eaux qui vont » en avant, qui tombent, qui posent sur le sol, portant les pluies » par milliers, par dizaines de mille ... *pour anéantir la maladie, pour anéantir la mort,* pour anéantir la maladie apportée » par la *ǵaini* [1], pour anéantir la mort apportée par la *ǵaini*. Si » la mort frappe au soir, que le remède vienne au matin! Si la » mort frappe au matin, vienne le remède dans la nuit! Si la mort » frappe dans la nuit, vienne le remède à l'aurore! Qu'avec les » pluies nous viennent eaux nouvelles, terre nouvelle, arbres » nouveaux, remèdes nouveaux, nouvelles guérisons [2]. »

De là les invocations comme la suivante :

« Celui qui vous offrira le sacrifice, ô bonnes eaux, filles » d'Ahura, avec les très-bonnes libations, avec les excellentes

1. Nom d'une classe de démons.

2. Vendidad 21. 3. Yayata dunma yayata frâpem nyâpem upâpem haza*n*rô-vârayô (Westergaard) baêvare-vâraçci*t*... yaçkahê apanaçtahê mahrkahê apanaçtahê. ǵaini-yaçkahê apanaçtahê ǵaini-mahrkahê apanaçtahê ... yêzi uzirôhva mereñcaitê arezahva baêshazyâ*t* yêzi arezahva mereñcaitê khshapôhva baêshazyâ*t*. yêzi khshapôhva mereñcaitê ushahva baêshazyâ*t*. vî vâreñtu (voir Westergaard variantes; M. Westergaard lit *vî vâreñti* au présent) vîvârâhu nava âfs nava zâo nava urvarâo nava baêshazâo navata (lire navaca?) baêshaza- kesha. (Le pehlvi rend ce dernier mot par « action de guérir » : *kesha* = *kartaris*; Aspendiârji cité par M. Spiegel (Commentaire I. 468) traduit « santé ».)

» libations, avec les libations répandues avec piété; à celui-là » donnez fortune et splendeur, à lui *santé du corps* (tanvô drva- » tâtem), à lui force du corps, à lui vigueur victorieuse du corps, » à lui richesse tout éclatante, à lui descendance bénie du ciel, à » lui *longue, longue vie* (dareghãm dareghô-gîtîm), à lui place » dans le monde excellent des purs, éclatant, tout lumineux[1]. » C'est la contre-partie, délayée, de la formule précédente : on y trouve les deux traits essentiels que nous avons tant de fois rencontrés dans cette étude, santé et longue vie, santé et immortalité. C'est parce que les eaux donnent la santé, que la grande déesse des eaux, Ardvîçûra, est *guérissante* (baêshazî)[2]; c'est parce que les eaux donnent le non-mourir, que le Haoma blanc, le Haoma de l'immortalité, le Gaokerena, pousse dans les eaux d'Ardvîçûra[3].

§ 37. Plantes. — « Quel fut le premier des hommes guéris- » seurs? demande Zoroastre. Quel est le premier qui envoya la » maladie à la maladie, la mort à la mort? [4]. — Ce fut Thrita, » répond Ahura Mazda; il demandait un remède *pour résister à* » *la maladie, pour résister à la mort,* pour résister à la souf- » france, pour résister à la fièvre froide, ... à la fièvre chaude... » qu'A*n*rô-mainyu a créées pour le corps des mortels. Alors moi, » Ahura Mazda, j'apportai les plantes salutaires, qui, par centaines, » par milliers, par dizaines de mille[5], croissent autour de l'unique

1. Yaçna 67. 30. Yô vô âpô va*n*uhîs yazâitê ahurânîs ahurahê vahistâbyô zaothrâbyô çraêstâbyô zaothrâbyô dahmô-pairi*n*harstâbyô zaothrâbyô ahmâi raêsca qarenaçca ahmâi tanvô drvatâtem ahmâi tanvô verethrem ahmâi îstîm pouruqâthrãm ahmâi âçnãmci*t* frazañtîm ahmâi dareghãm dareghô-gîtîm ahmâi vahistem ahûm ashaonãm raoca*n*hem viçpô-qâthrem.

2. Yaçna 64, 2.

3. Bundehesh 64, 1.

4. Cf. page 31, note 2.

5. D'après le Bundehesh (chap. IX) les plantes salutaires sont au nombre de dix mille. Voilà qui permet, peut-être, d'expliquer un détail bien connu de l'organisation militaire des Perses. Il y avait dans l'armée un corps d'élite composé de *dix mille* hommes, appelés les *Immortels* (ἀθάνατοι), parce que, dit Hérodote, tout soldat qui était enlevé à ce corps par la maladie ou la mort était aussitôt remplacé, de sorte que l'effectif restait invariable (*Hérodote* 7, 83). En réalité, la légion des Immortels était la légion consacrée à l'Amshaspand de l'Immortalité, Amereta*t*, et elle était composée de dix mille hommes, parce que l'armée des plantes salutaires, l'armée d'Amereta*t*, est composée de dix

» Gaokerena. Tout cela, nous le bénissons, tout cela nous l'in-
» voquons, tout cela nous l'adorons pour le bien du corps des
» mortels, *pour repousser la maladie, pour repousser la*
» *mort*, pour repousser la souffrance... la fièvre froide... la fièvre
» chaude... qu'A*n*rô-mainyu a créées pour le corps des mortels.
» O maladie, je t'exorcise; ô mort, je t'exorcise[1]. »

mille combattants. Il serait risqué d'avancer que chaque Amshaspand avait sa légion; l'on comprend d'ailleurs le choix particulier d'Ameretâ*t* comme patron d'un corps d'armée : c'est un dieu que le soldat plus que tout autre avait occasion d'invoquer. La création de ce corps remonte à une époque où les deux valeurs du dieu étaient encore comprises : le nom du corps nous reporte à la valeur abstraite, l'effectif à l'attribut matériel. La valeur abstraite était l'idée dominante, mais n'effaçait nullement la valeur matérielle : Xerxès, rencontrant un beau platane sur la route de Sardes, l'honore en y déposant un ornement d'or et le confie à la garde d'un *Immortel* (*Hérod.* 7, 31); autrement dit, il honore l'Amshaspand Ameretâ*t* dans une de ses productions, dont il remet la garde à l'un des pupilles du dieu. — On peut supposer que le nom perse de la légion était « *amartiyânâm çpâda.* »

1. Vend. 20, 1. Pereça*t* zarathustrô ahurem mazdãm... kô paoiryô mashyânãm thama*n*uhatãm... yaçkem yackâi dâraya*t* mahrkem mahrkâi dâraya*t*... âa*t* mrao*t* ahurô mazdâo : thritô paoiryô... mashyânãm thama*n*uhatãm... yaçkem yaçkâi dâraya*t* mahrkem *etc*... viçcithrem dim ayaçata âyapta khshatra vairya paitistâtêê yackahê paitistâtêê mahrkahê p. dâju p. tafnu p. çâranahê... yâ a*n*rô mainyus frâkereñta*t* avi imãm tanûm yãm mashyânãm. adha azem yô ahurô mazdâo urvarâo baêshazyâo (éd. Westerg.) uzbarem pôurus pouru-çatâo pôurus pouru-haza*n*râo pôurus pouru-baêvanô aoim gaokerenem pairi. — Ta*t* vîçpem frînâmahi ta*t* vîçpem fraêshyâmahi... nemaqyâmahi avi imãm tanûm yãm mashyânãm paitistâtêê yaçkahê..... yaçkem thwãm paitiça*n*hâmi mahrkem thwãm paitiça*n*hâmi dâju *etc*... — Les mots : *viçcithrem dim ayaçata âyapta khshathra vairya* sont obscurs : l'on ne voit pas clairement ce que c'est que *viçcithrem* que le pehlvi se contente de transcrire, ni dans quel sens il faut prendre *khshathra vairya*. M. Spiegel traduit : *Ein mittel wünschte er sich als gunst von Khshathra vairya.* Il ajoute en note : « Puisque Thrita demande son remède à *Khshathra* » *vairya*, il faut conclure que ce remède est pris du règne minéral, » dont *Khshathra vairya* est l'Amshaspand. Cependant *viçcithra* signifie » proprement ce qui a son origine dans le liquide (*was von Flüssigkeit* » *herkommt*) ». On peut, je crois, conclure de cette contradiction que *Khshathra vairya* n'est pas pris comme nom propre ou que *viçcithrem* n'a pas le sens que lui prête le savant allemand. Notons que le mot *âyaptem* désigne la faveur obtenue comme récompense d'un acte de vertu : qu'on se rappelle, par exemple, le yast de Haoma dont la moitié roule sur ce thème : qui a le premier pressé le soma? quelle faveur (*âyaptem*) lui en est revenue? *âyaptem* suppose donc un régime indirect exprimé ou

C'est parce que les plantes sont sources de santé et de vie que Haoma est leur chef, leur ratu (§ 20)[1]. Haoma, la plante-dieu qui écarte la mort, qui au jour de la résurrection produit l'immortalité, n'a pas perdu, en se divinisant, sa parenté avec ses sœurs inférieures : par la force des choses, il ne pouvait la perdre, puisque le Haoma du sacrifice est une plante qu'on presse et qu'on mange[2], « plante au beau corps, aux jaunes couleurs, aux tiges ployantes, excellente à manger[3]. » S'il est salutaire (*baês-*

sous-entendu, ce qui est d'ailleurs conforme au sens étymologique du mot : chose obtenue (par qui? en retour de quoi?). L'on arrive donc à se demander si l'ablatif *khshathra vairya* ne serait pas ce régime : « Thrita demandait un... *en récompense de sa royauté sainte* », c'est-à-dire de la justice de son gouvernement; ou bien, dans le même sens, mais en conservant au mot sa valeur de nom propre, et en se rappelant qu'avant d'être roi des métaux, *Khshathra vairya* était θεὸς εὐνομίας : « il demandait un ...., faveur à obtenir par *Khshathra vairya*, le dieu qui protège les bons rois. » Cela rappelle les remèdes que le Manu des Védas a obtenus par la piété, par le sacrifice (yâni [bheshagâ] Manur âvrnîta pitâ nas 2, 33, 13 — yat çamca yoçca Manur â yeǵe pitâ 1, 114, 2). — Reste *viçcithrem*, qui doit être un équivalent de *baêshazem*. Le rapprochement de ces deux termes suggère une hypothèse qui donnerait au mot un sens parfaitement concordant avec le contexte; la voici : *baêshaza*, et la forme plus simple du sanscrit, *bhishaǵ*, supposent une racine *bhis*, zend *bis*; pour le suffixe *aǵ*, cf. *dhrsh-aǵ* « hardi », de *dhrsh*; cette racine se trouve dans le nom de l'arbre vîçpô-*bis* (qui a tous les remèdes), de l'arbre hu-*bis* (aux bons remèdes), de l'arbre eredhwô-*bis* (qui a de hauts remèdes) (v. Windischmann, Zoroastrische Studien 166); *viçcithrem* serait pour *bis-cithrem*, une source de remèdes. Si c'est là en effet ce que demande Thrita, Ahura Mazda en lui apportant *les arbres à remèdes*, *urvarâo baêshazyâo*, prouve qu'il a bien compris la prière. Cette hypothèse soulève une objection négative : elle suppose en effet le changement de *b* en *v* ; or, s'il y a des exemples de ce changement dans le corps du mot (comme *frabavara* pour *fra-babara*), et même au commencement du mot, quand il est second terme de composé (*gadhavara* pour *gadha-bara*), il n'y en a pas d'exemple certain, au moins à ma connaissance, au commencement du mot. On pourrait invoquer il est vrai *vaê-kereta* en regard de *baê-erezu* (Justi, *Manuel* 364, § 100); mais il n'est point certain que *vaê* dérive de *baê*, et il est plus probable que tous deux dérivent de **dvaê*. Le changement de *b* initial en *v* demeure donc sans exemple. Reste à décider si cela tient à une impossibilité phonétique ou simplement à notre pauvreté en fait de textes.

1. Bundehesh 58, 10; 64, 5 : hom dûros apas pann fraskart anosakis vîrâyînand u urvarân rat.

2. Yaçna 9. 8 : *frâ mãm hunvanuha qaretêê* : presse-moi pour me manger, dit Haoma à Zoroastre.

3. It. 52 *hukerefs zairigaonô nãmyãçus, yatha qareñtê vahistô*. Ce der-

hazyô), s'il repousse au loin la mort (*dûraoshô*), s'il donne santé et longue vie (*drvatâtem tanvô, dareghôğîtîm ustânahê*), c'est parce qu'il concentre en lui toutes les vertus des plantes, il est la plante par excellence. Le Mazdéisme le sent encore, il n'oublie pas l'origine de Haoma et ne lui sacrifie pas ses humbles sœurs. Elles croissent autour de lui dans le ciel ; comme lui, elles guérissent; comme lui, elles chassent la mort, et l'arbre mythique *Vîçpôtaokhma*, c'est-à-dire «l'arbre qui porte toutes les semences», s'appelle aussi *ğatbés*[1], c'est-à-dire «celui qui repousse la souffrance»; ou bien encore : *hubis eredhwôbis vîçpôbis* «l'arbre des bons remèdes, l'arbre aux hauts remèdes, l'arbre de tous remèdes»[2].

nier trait doit être pris au propre, comme les précédents (cf. les épithètes du Soma Védique : *svâdus rasavân tîvras madishthas*, doux, savoureux, âcre, enivrant; suit un trait tout moral : *urunaêca pâthmainyôtemô* « qui ouvre à l'âme une large voie » (au paradis, au Behesht; cf. *Khod Patet*, Anquetil II, 40).

1. Voir la citation du Minokhired dans la grammaire parsie de M. Spiegel, page 143; *ğat-bés* signifie seorsum-dolorem-habens, *vyathâhîno vrxa* dit Nériosengh (dolorem-relictum-habens); *dvesho-yut*, *âre-agha* diraient les Védas.

2. Le passage du Vendidad cité au commencement du paragraphe, permet, je crois, de refaire l'histoire de l'arbre *vîçpôtaokhma*. Il est ainsi nommé de ce qu'il porte les germes de toutes plantes, et il pousse dans la mer vouru-kasha; il s'appelle aussi *hubis eredhwôbis vîçpôbis* (Yast Rashn 17 : avãm vanãm çaênahê yâ histaiti *maidhîm zrayanhô vourukashahê, yâ hubis eredhwôbis* yâ vaocê *vîçpôbis* nãma yãm upairi urvaranãm vîçpanãm taokhma nidhaya*t*; *eredhwôbis* est l'arbre qui porte les remèdes au haut de ses branches; *vîçpôbis* = qui a des remèdes pour tous les maux : c'est le sanscrit *viçva-bheshaga*). Or, ailleurs (Vendidad 5, 57) il est parlé d'un arbre qui pousse dans la mer vouru-kasha, et sur lequel poussent toutes les plantes de toute espèce, par centaines, par milliers, par dizaines de mille (tacin̄ti âpô zraya*n*ha*t* haca pûitikâ*t avi zrayô vourukashem* avi vanãm yãm hvâpãm athra mê *urvarâo raodhen̄ti viçpâo vîçpôçaredhô çatavaitinãm hazanravaitinãm baêvare-baêvanãm*). Cet arbre rappelle, d'une part, l'arbre *vîçpôtaokhma*, qui pousse dans la mer Vourukasha ; d'autre part, les dix mille plantes qui entourent le Gaokerena; il nous donne la conception intermédiaire : primitivement, il n'y avait qu'un arbre mythique, le Haoma céleste ou Gaokerena, autour duquel poussaient les dix mille plantes salutaires créées pour repousser les dix mille maladies envoyées par Ahriman (Bundehesh 19, 11); puis, pour mieux distinguer le Haoma céleste de toutes les autres plantes, on lui adjoignit pour compagnon un second arbre sur lequel furent transportées les dix mille plantes salutaires qui faisaient jadis son cortége; à cette seconde période se rattache le texte du Vendidad 5, 57, cité en dernier lieu ; le texte ne donne pas son

II

§ 38. Il est donc reconnu expressément par l'Avesta (*andar dîn pêdâst*, diraient les Parses) que les eaux et les plantes chassent la maladie et la mort. L'on ne doit point se représenter cette formule comme une sorte de constatation scientifique, comme l'expression pure et simple d'un fait d'expérience; il y a dans cette formule plus qu'un aphorisme d'apothicaire. Elle n'exprime point *des propriétés*, mais *des facultés ; l'eau qui court* et *l'arbre qui pousse* ne sont point, comme pour les modernes, quelque chose de mort et de passif; ce sont des êtres, *des personnes*, actives, conscientes, vivantes. Quand Mithra lance son char contre les infidèles, à ses côtés courent les eaux, et les plantes [1]; à la naissance de Zoroastre, les eaux et les plantes ont tressailli de joie en s'écriant : « Victoire! il est né, l'Atharva, le très-saint Zarathustra, qui nous offrira les libations, qui répandra le Barsom, et la bonne loi Mazdayaçnienne va s'épandre à travers les sept Karshvars [2] ». Le disciple de Zoroastre, en repoussant l'empire du démon, s'engage à suivre « la foi des eaux et des plantes [3] ». Dans le grand combat que les créatures du bien soutiennent contre les créatures du mal, elles luttent au poste que Dieu leur a donné, elles luttent contre la maladie et la mort, Târîc et Zârîc. Elles sont donc les auxiliaires de naissance des génies Santé, Immortalité et l'histoire de Haurvatât et d'Ameretât tient tout entière dans l'enthymème suivant :

Eaux et plantes donnent santé et immortalité; donc Santé et Immortalité sont les maîtres des eaux et des plantes.

nom (*hvâpãm* n'est qu'une épithète), ce nom était sans nul doute *hubis eredhwôbis vîçpôbis*. Enfin, on étendit ses fonctions, il porta les germes de tous les arbres; l'arbre de tous les remèdes devint l'arbre de toutes les semences; le *vîçpôbis* devint *vîçpôtaokhma*. (Cf. Windischmann, Études Zoroastriennes, 165 sq.)

1. Et les Fravashis des purs. Yt. 10, 100, vîçpé hê upa aredhem vazeñti yâo âpô yâoçca urvarâo yâoçca ashaonãm fravashayô. — Les eaux, les arbres et les Férouers forment un trio qui se retrouve ailleurs : Yt. 13, 147; Vp. 24, 1, 2; Fragm. 1, 2. Ce sont les Férouers qui font couler les eaux et pousser les arbres (*vide supra*, p. 13, note 6).

2. La terre est divisée en sept Karshvars. — Yt. 13, 93, 94 : yênhê zãthaêca vakhshaêca urvâçen âpô urvarâo... ustâ-nô zâtô âthrava yô çpitâmô zarathustrô... idha apãm vigaçâiti vanhvi daêna mâzdayaçnis vîçpâis avi karshvãn yâis hapta. — Cf. Rig Véda 10. 88, 2.

3. Y. 13, 22, 23.

Cette histoire peut se diviser en trois périodes.

I. Dans une première période, Haurvatât et Ameretât n'ont encore que la valeur que leur nom révèle, ou du moins cette valeur est encore comprise et prédominante : on les invoque comme dieux de la santé et de l'immortalité. On sait sans doute qu'ils opèrent par les eaux et les plantes, mais l'instrument de leur action n'a pas encore voilé leur action même : leur nom éveille l'idée de cette action et non de cet instrument. C'est à cette première période que se rapportent, d'une part, les formules gâthiques comme : « Ahura donne à ceux qui suivent la bonne voie santé et immortalité », ou bien : « puissent Santé et Immortalité nous donner force et durée (tévîshî itayûitî) » ; d'autre part, la formule parsie : Khordâd et Amurdâd combattent Târîc et Zârîc, c'est-à-dire : Santé et Immortalité combattent Maladie et Mort.

II. Dans la période qui suit, le trait matériel et accessoire a effacé le trait primitif : ce qui a facilité cette transformation naturelle, c'est la perte à peu près complète du mot *haurva* au sens de *servus salvus;* on ne sait plus que *haurvatât* signifie *santé,* mais on sait que Haurvatât et Ameretât agissent par les eaux et par les plantes, et par suite ils en deviennent les dieux. Ameretât conserve plus longtemps le souvenir de son ancienne valeur, parce que son nom est encore transparent; de là ces formules gâthiques où il est encore au premier étage, tandis qu'à ses côtés Haurvatât est déjà au second (§30, 3°). Mais le sens primitif devient de plus en plus accessoire, le sens matériel devient de plus en plus exclusif; si l'on reconnaît encore dans leurs noms des noms abstraits, la valeur abstraite qu'on y découvre est dictée par leur valeur matérielle, et ils deviennent dieux de l'abondance, parce que l'on voit dans Haurvatât *celui qui produit tout.*

III. A cette seconde période, période de combinaison, d'élaboration, de transformation qui laisse encore entrevoir par moment le sens primitif des deux génies et essaie encore de leur conserver une valeur abstraite, succède enfin une troisième période, où toute valeur primitive et abstraite est oubliée, où l'attribut matériel domine seul et exclusivement. Haurvatât et Ameretât ne sont plus que les dieux des eaux et des plantes [1], et ils combattent la

1. Écoutez le Zerdusht Nâmeh (ouvrage de la seconde moitié du XIIIe siècle) : Zoroastre vient de faire connaissance avec les quatre premiers Amshaspands et de recevoir leurs conseils ; c'est au tour de

faim et la soif; les formules antiques s'adaptent à un sens nouveau; les daêvas de la Maladie et de la Mort, suivant leurs adversaires célestes dans leur transformation, prennent l'empire de la faim et de la soif et se mêlent aux eaux et aux plantes qu'ils corrompent. La distance parcourue peut se mesurer par ce fait que Haurvatât et Ameretât, primitivement noms communs, le redeviennent; mais au lieu d'être noms communs abstraits, ils sont devenus noms communs concrets; ce mot *santé* arrive à prendre dans le rituel le sens de *eau*, ce nom *immortalité* le sens de *plante* (§ 7).

§ 39. Cette troisième période est-elle la dernière et nos deux dieux vont-ils enfin se reposer? — Ce qui vit dans la pensée de l'homme n'est pas plus immuable que ce qui vit sur ses lèvres, et il n'y a pas plus de terme au mouvement mythique d'un dieu qu'il

Khordâd qui lui dit : « Je te confie les eaux courantes, eaux des » canaux, eaux des ruisseaux, eaux qui paraissent des hauteurs ou qui » de dessous terre, etc... Rapporte aux habitants du monde que c'est » par l'eau que subsiste tout être animé, que c'est elle qui » donne sa fraîcheur à la terre et à ses fruits. Tenez loin d'elle » tout cadavre... ne la souillez point de sang ni de *nesa* (cf. § 6). » Quand par votre fait vos aliments sont souillés, la peine grandit pour » vous dans les deux mondes. (La traduction anglaise insérée dans le livre de M. John Wilson, the Parsi religion... unfolded, porte : « If your *reason* is willingly polluted by yourself » ; ce *your reason* n'offre pas un sens très raisonnable; le traducteur avait lu sans doute *khired* (khratu) au lieu de khord : cu âlûdeh bâshed zitû *khord*(i) tû).

Que rien ne rappelle de loin le passé de Khordâd, la chose n'a rien d'étonnant. Mais Ameretât lui-même, mutilé en Murdâd, a perdu tout souvenir de sa jeunesse.

Quand Khordâd eut cessé de parler, aussitôt Murdâd s'avança : « Au » saint et pur Zoroastre il parla des végétaux : on ne doit point les » détruire sans raison, ni les supprimer sans motif : car c'est le bien- » être de l'homme et des animaux. Dieu en personne veille sur eux. » — Là-dessus Murdâd s'embarque dans un sermon religieux qui pourrait tout aussi bien être placé dans la bouche de Bahman, de Sapendomand, de Serosh ou de tout autre : que les Mobed fassent leur tour du monde en prêchant la loi, car quand la religion fleurit, l'injustice disparaît; lisez la loi, louez le créateur et ayez grand soin de mettre le kosti (ceinture de piété), car le kosti est le signe de la religion. Puis Murdâd revenant un peu à son sujet recommande de tenir purs les quatre éléments, car c'est d'eux que Dieu a fait le corps des êtres vivants, etc. — Il est clair que ces deux noms, Khordâd et Murdâd, ne sont plus ici que des noms propres, et n'éveillent plus rien des idées primitives qu'ils exprimaient autrefois.

n'y en a au mouvement phonique d'un mot. Pas plus que ces deux noms Khordâd et Murdâd, forme nouvelle de Haurvatât et Ameretât ne sont à l'abri de l'altération phonique, les êtres qu'ils désignent ne sont à l'abri de l'altération mythique. L'on ne peut sans doute prédire l'avenir qui les attend, maintenant que le Parsisme, se corrompant au contact de la civilisation chrétienne, se réduit de jour en jour à n'être plus qu'une contrefaçon incolore du spiritualisme des Ariens d'Occident. Mais plusieurs indices laissent supposer ce qu'ils seraient devenus dans le Parsisme abandonné à son développement libre. L'*étymologie populaire* leur ouvrait déjà tout un cycle nouveau d'aventures :

1° *Khordâd.* « Les Parses, dit Anquetil, se servent du mot *Ader* lorsqu'ils veulent parler de plusieurs feux qui se sont montrés aux hommes sous des formes particulières et des génies mêmes qui président à ces feux [1]. » L'un de ces feux porte le nom de Khordâd. *Ader Khordâd* paraît dans le Zerdusht Nâmeh et dans les prières parsies en compagnie d'Ader Gushasp et du feu Burzîn-mihr [2]. Cette fonction nouvelle de Haurvatât s'explique par l'étymologie *persane* de Khordâd : *celui qui donne la lumière* [3] (Khor-dâd). Un fait qui prouve que c'est réellement par la force de l'étymologie que Khordâd est devenu un Ader, c'est qu'il s'appelle aussi Ader Khurah ; or khurah est l'équivalent ordinaire du zend *qarenô*, « illumination, lumière » : Khordâd était donc bien celui qui donne le *khor*, le *khurah* [4]. Voilà donc Haurvatât, ce vieux dieu de la santé, devenu dieu des eaux, qui prend place à présent parmi les dieux de lumière [5].

1. Zend-Avesta II, page 24, note 1.

2. Zerdusht-Nâmeh, chap. 54 ; Âtash Behrâm Nyâyish, fin. Dans le roman de Vîs et Râmîn, Râmîn compare le feu dont il est dévoré à celui de Khordâd et de Burzîn (éd. de Calcutta p. 72). La rédaction définitive de ce roman est contemporaine de celle du Zerdusht Nâmeh ; la rédaction originale est beaucoup plus ancienne. La conversion de Khordâd en âder est donc antérieure au XIIIe siècle.

3. Cf. Hyde Religio Persarum 2e éd. 243, et les dictionnaires persans de Johnson et de Meninsky s. v. — Nous avons vu plus haut (page 7, note 5) que la forme *Khordâd* avait été amenée en grande partie par l'idée qui dominait alors dans Haurvatât, l'idée d'un dieu qui produit les aliments ; l'idée dictait la forme ; ici la phonétique prend sa revanche, la forme dicte l'idée et détruit la conception même qui lui avait donné naissance.

4. Patet Irânî, 21 ; cf. Anquetil II, 48, et Spiegel, Traduction III, 227.

5. Peut-être est-ce à la valeur nouvelle de son nom que le jour de

Khordâd aurait-il longtemps cumulé ses deux titres et réuni dans son empire l'eau et le feu? A cela l'on peut répondre que tant qu'il aurait fait couple avec Amurdâd, dieu des plantes, le souvenir du dvandva Eaux-et-Plantes aurait protégé ses anciennes fonctions contre l'envahissement des nouvelles. Le jour où l'étymologie, ou toute autre cause, aurait attaqué et transformé Amurdâd lui-même, l'antique union des deux dieux aurait pris fin et chacun aurait suivi à part ses destinées. Or, à en juger par les interprétations que nous transmettent les écrivains de la Perse, Amurdâd semblait menacé d'un sort encore plus étrange que Khordâd.

2° *Amurdâd.* — Les langues iraniennes modernes ne connaissant point l'*a* privatif, et supprimant volontiers un *a* initial[1], à côté d'Amurdâd se produisit la forme Murdâd : mais comme dans Murdâd on reconnaissait toujours, et avec raison, la racine du persan *murdan* « mourir », Ameretât, l'ancien génie de l'Immortalité, devint l'Ange de la Mort (*firishtahi marg*)[2], et la mythologie comparée du temps y reconnut l'Israil des Arabes[3] : « Amurdâd est Azrael qui motiones sedat et animas a corporibus separat. *Eum enim animas corporibus solvere credunt Persarum magi.* » Cette conception s'est-elle produite chez les

Khordâd doit l'importance particulière qu'il a prise chez les Parses. Comme il était devenu *le jour de l'illumination*, l'on en fit le jour où Gushtasp a embrassé la loi : foi et lumière sont des idées qui s'éveillent l'une l'autre, et cela surtout dans le Mazdéisme « où la foi dans les cœurs s'allumait au soleil » (*Kih rukhshân shudê dar dil az hûr dîn*; Firdousi, éd. Maccan 1991, 3); pour une raison analogue, Khordâd devint encore le jour de la création du monde et celui de la résurrection (Anquetil II, 174); puis l'analogie continuant l'œuvre commencée par la métaphore, on rattacha à ce jour toute une série d'événements importants : naissance de Meshya et de Meshyane, apparition de Hosheng le Peshdadien, partage du monde par Féridun, meurtre d'Irağ par ses frères, vengeance d'Irağ par Minocihr, etc. Mais voici un trait qui s'explique directement : c'est le jour de Khordâd que Djemshîd a affranchi le monde de la vieillesse et de la mort (ğihân amarg azarmân kard,) : ce fait trouvait plus naturellement place au jour Amurdâd ; mais celui-ci évoquait Khordâd qui le supplanta aisément, étant devenu le jour officiel des anniversaires.

1. Cf. *abar*, *bar*; *abê*, *bê*; la fonction de l'*a* privatif est remplie par la particule *nâ*.

2. Cf. Johnson s. v. *abû* (*abû yahya'*).

3. Cazvini ap. Hyde l. c. — Citons, à titre de curiosité, une autre assimilation, faite par un savant moderne (Zeitschrift der Deutschen morgenlændischen Gesellschaft IV, 368). Le Nemrod biblique ne serait

Parsis de l'Inde? je ne saurais le dire : mais ces deux lignes de Cazvini prouvent du moins qu'elle s'était produite parmi les Parsis de Perse [1]. L'authenticité du renseignement ressort des termes mêmes de l'écrivain : l'assimilation d'Amurdâd à Azrael est de son fait, mais les attributs qui la lui suggèrent ne sont évidemment pas de son invention.

Il importe de remarquer que dans cette dernière transformation, il y a plus qu'une erreur étymologique, *qu'une maladie du langage*. L'on se rappelle que Khordâd et Murdâd sont chargés, entre autres fonctions, d'entretenir les âmes des justes qui passent dans l'autre monde (§ 8) : l'idée de la mort était donc attachée partiellement à leur conception : par suite, le jour où le nom de l'un d'eux se trouva éveiller impérieusement cette idée et la rendre exclusive, il n'y eut point en réalité création d'une conception nouvelle; l'erreur étymologique ne faisait que dégager et rendre dominante une conception déjà existante. Si donc l'accession de Khordâd parmi les génies du feu relève de la seule phonétique, la transformation d'Ameretât relève autant de la psychologie [2].

autre qu'Amurdâd, le préfixe *a* étant remplacé par le préfixe équivalent du persan, *nâ*. Il est regrettable que l'auteur ne nous dise point explicitement s'il considère l'hébreu comme un dialecte néo-iranien ou si la légende de Nemrod est un emprunt à quelque Firdousi inconnu : dans les deux cas, voilà la Genèse étrangement rajeunie. — Le même savant, non content de faire du génie de l'Immortalité et des plantes un fort chasseur devant le Seigneur, reconnaît encore le couple tout entier dans les deux anges de Babel, Harût et Marût, qui, selon les traditions arabes, sont suspendus à Babylone entre le ciel et la terre, pour avoir semé la désunion entre le mari et la femme (voir Kazimirsky, le Coran, p. 16). Je ne suis pas bien sensible au rapport de sons entre Harût-Marût et Khordâd-Murdâd, ou Haurvatât-Ameretât. On ne voit pas bien non plus comment les Amshaspands des eaux et des plantes sont devenus les deux magiciens qui troublent la paix des ménages. Faisons seulement observer que Harût et Marût étant à Babel, il n'est pas sage de les chercher en Perse.

1. Au moins parmi ceux dont Cazvini a tiré ses renseignements. « *Murdad* signifie encore chez les Persans le mois d'août, et ils disent » par une façon de parler proverbiale *Mordar* baafitab *mordad*, c'est-à- » dire un cadavre dans le mois d'août, pour signifier une grande puan- » teur. » D'Herbelot, Bibliothèque Orientale s. v. L'étymologie populaire ne pouvait voir que *du mort* dans *Murdâd*, comme elle n'avait vu que *du feu* dans *Khordâd*.

2. Tout dieu d'Immortalité court toujours le danger de devenir dieu de la Mort. L'Immortalité, après avoir essayé de s'acclimater sur terre,

Il semble donc, pour nous résumer, que le développement populaire du Parsisme devait tendre à briser l'union des deux Amshaspands.

III

§ 40. Un fait reste encore à considérer : comment s'est faite la répartition des fonctions entre Haurvatât et Ameretât? Comme eaux et plantes donnent également, les unes et les autres, santé et immortalité, il n'y avait point de raison intrinsèque dans la valeur primitive des deux génies pour que l'un régnât sur les eaux, l'autre sur les plantes : ils devaient régner conjointement sur les deux domaines réunis. C'est en effet, je crois, ce qui s'est fait pendant longtemps, et cette répartition des deux empires entre les deux dieux ne semble pas avoir jamais été absolue. D'une part, rien ne l'établit dans l'Avesta dans les termes précis où Nériosengh la formule (§ 6) [1]; d'autre part, le Parsisme même a conservé quelques traits qui la contredisent. Dans l'Afrîn des sept Amshaspands, Khordâd combat *à la fois* Târîc et Zârîc, c'est-à-dire (pour les auteurs de la prière) la faim et la soif [2].

voyant la tentative inutile, prend son vol au ciel : mais pour cela, il faut le secours de la Mort, qui, une fois entrée dans la place, en reste seule maîtresse. Telle est l'histoire de Yama-Yima, d'abord roi de l'Immortalité (Avesta, Rig Veda), puis, roi des morts (mythologie brahmanique).

1. Dans l'Avesta, Haurvatât et Ameretât terrassent la soif et la faim (§ 9); il ne s'en suit pas que Haurvatât ne frappe que la soif.

2. Khordâd combat encore *âz*; *âz* signifie « le désir »; personnifié, les Parses semblent en faire le démon de la convoitise (Anquetil, Zend A. II, 78); peut-être le mot doit-il se prendre au sens de *besoin;* cf. *niyâz* l'indigence; les idées de *désir* et de *besoin* sont voisines, et l'on passe aisément de l'une à l'autre : Khordâd, dieu des aliments, repousse le Besoin. Dans le Yaçna 17, 46, le démon *âzi* est rapproché de la péri *mûs*; le zend ne fournit rien pour interpréter ce dernier nom; si l'on recourt au sanscrit, la péri *mûs* deviendra « la péri du vol »; un fait semble confirmer cette étymologie; dans le Bundehesh 13, 3, paraît un démon nommé *mûspar*, nom que M. Justi rapproche très-judicieusement de notre *mûs pairika*; or, deux lignes auparavant, ce même démon est appelé *dugd u mûspar;* il est difficile de méconnaître dans *dugd* le persan *duzd* « voleur », ajouté à *mûs* pour le traduire. Si *âzi* est le besoin, et *mûs* le vol, on comprend à la rigueur leur rapprochement : mais il faut avouer que c'est là une mythologie bien abstraite, même pour l'Avesta. Une autre raison d'hésiter ce serait que *âtar*, le dieu du feu, est aussi présenté comme luttant contre *âzi* (Vendidad 18. 45) : qu'*âzi* soit le démon du Besoin ou celui de la Convoitise, on ne voit guère pourquoi il entre en

Selon les sources consultées par Hyde, Khordâd préside aux arbres et aux herbes aussi bien qu'aux eaux[1]. Amurdâd, il est vrai, reste cantonné dans ses fonctions spéciales de roi des plantes; mais ce fait s'explique aisément et c'est lui qui doit expliquer, je crois, la répartition courante. Le culte de Haoma, comme celui de Soma en Inde, avait relégué au second plan le culte des eaux ; c'est le Gaokerena, le Haoma blanc, c'est-à-dire une plante, qui doit produire l'immortalité au jour de la résurrection, et s'il croît dans les eaux d'Ardvî-Çûra, c'est à lui seul cependant que l'on attribue expressément cette vertu : c'est à une plante que se trouvèrent donc liées particulièrement les idées d'immortalité, et voilà pourquoi Ameretât ne paraît que comme roi des plantes. Mais comme l'idée de santé n'était pas liée d'une façon spéciale à celle des eaux, Khordâd n'avait aucune raison de resserrer son domaine. Quand donc il semble empiéter sur Amurdâd, il n'en est rien : Khordâd n'a rien pris, mais Amurdâd a perdu. Il n'y a donc pas eu répartition absolue, mais seulement limitation partielle. Il est vrai, sans doute, que par cela même qu'Amurdâd est *exclusivement* le dieu des plantes, Khordâd devient *plus particulièrement* le dieu des eaux ; mais il ne

guerre contre Âtar. Je dois dire cependant que très-vraisemblablement *Azi* est introduit dans ce texte par erreur, au lieu d'*Aji*, le serpent mythique, qui soutient contre *âtar* une lutte acharnée, racontée dans le Yasht 19, 47 sq. — Le paragraphe suivant de l'Afrîn oppose à Amurdâd « *Tûsus* (ou *Tosius*, la première des contre-créations d'Ahriman ». La tradition ne connaît rien sur ce démon. Mais puisque Tûsus est une des contre-créations d'Ahriman, la première chose à faire est de consulter le texte qui les énumère, c.-à-d. le premier Fargard du Vendidad : or, on y rencontre (§ 81) *zyãm taojyâca*, « l'hiver, et *taojya* »; il paraît assez naturel de rapprocher Tosius (Toshy-us ?) de taojya (pour le suffixe *-us* cf. le persan *nâmus*, réputation, dérivé de *nâm*) ; l'on s'accorde à donner à *taojya* le sens de *froid*, *neige*, en le rapprochant du sanscrit *tush-âra*, de sorte que *zyãm taojyâca* seraient l'hiver et le froid. On peut objecter à cette identification de Tosius et de *taojya*, que l'Afrîn donne Tosius comme la première contre-création d'Ahriman, tandis que dans le Vendidad, l'hiver et *taojya* forment la dernière. Mais le même chapitre du Vendidad, à un autre paragraphe (§ 9), présente l'hiver comme la première contre-création ; rien d'étonnant donc à ce que *taojya*, qui lui est attaché par un lien naturel étroit, paraisse aussi au même rang. — Si l'hypothèse précédente est exacte, Amurdâd, en combattant Tosius, combat l'hiver, le froid. A quel titre? Serait-ce parce que, dieu des plantes, c'est lui qui donne dans le bois des arbres les armes nécessaires pour vaincre l'hiver?

1. Veterum Persarum religio, 2e éd., p. 241.

l'est pas devenu exclusivement, comme pour témoigner d'un ancien état d'indivision.

IV

§ 41. Nous avons fait remarquer dans le premier chapitre de cette étude (page 9, note 7) comment la conception mazdéenne de l'enfer a survécu en Perse au mazdéisme et comment l'orthodoxie musulmane diffère peu sur ce point de l'orthodoxie parsie. Nous pouvons signaler ici un nouvel exemple de la persistance des croyances et des pratiques religieuses. Le nom d'Ameretâ*t* n'éveille certes plus chez les Persans musulmans aucune idée religieuse : ce n'est plus que le nom d'un mois [1] et encore ce nom n'est-il guère connu que des amateurs d'antiquité, le calendrier arabe étant seul populaire : et cependant, en l'an 1288 de l'hégire, sous le règne du Coran, Ameretâ*t*, dieu des plantes, était encore honoré comme aux beaux temps de l'Avesta. Le nom n'y est plus, mais le dieu y est toujours.

« A mi-côte, une sorte de broussaille solitaire croît en tra- » vers du chemin, élevant à hauteur d'homme ses milliers de » bras épineux. Des monceaux de terre, religieusement entassés » à l'entour, des petits lambeaux d'étoffes accrochés par centaines » à toutes les branches, témoignent de la vénération des indi- » gènes. Nos muletiers ne manquent pas de s'acquitter en pas- » sant de ce devoir de piété. Chacun d'eux ramasse son caillou » pour en grossir le tas commun, puis, déchirant consciencieu- » sement un petit coin de son manteau, suspend cet *ex-voto* » aux ronces du buisson. Une cérémonie pareille a lieu dans des » circonstances analogues quelques kilomètres plus loin. Nous » tentons vainement d'arracher à nos gens le mot de cette énigme » religieuse. « C'est la coutume » nous répondent-ils en chœur. » Ils n'en savent pas davantage. La consigne s'est transmise » scrupuleusement d'âge en âge; chacun s'y conforme machina- » lement sans s'inquiéter d'en connaître l'origine [2]. » Comme la scène se passe dans ces montagnes désolées qui séparent le Ghilan de l'Irak, M. Patenôtre suppose que « c'est cette absence » totale de végétation qui fait du moindre arbuste qu'on ren-

1. Chaque Amshaspand a donné son nom à un mois. Cf. page 61, note 1.

2. Jules Patenôtre, *Les Persans chez eux*, notes de voyage, dans la *Revue des Deux-Mondes*, 1875, 1er mars (tome VIII, p. 162).

» contre dans le voisinage l'objet d'un culte superstitieux. » Mais ce n'est point là qu'il faut chercher le mot de l'énigme, car il y a deux siècles passés, Chardin trouvait le même culte dans le paradis de la Perse, à Chiraz. « Ce qu'il y a de plus beau à » Chiras, sont des jardins publics au nombre de vingt, dont les » arbres sont, comme je crois, les plus gros arbres de leur » espèce que l'on voie en lieu du monde; si hauts que la plus » longue arquebuse ne saurait tirer à la cime; et si gros que » trois hommes ne le peuvent embrasser... J'en ai mesuré un » dans des jardins du roi, à la partie méridionale de Chiras, » lequel avait plus de quatre brasses de tour. Les habitants de » Chiras voyant cet arbre usé de vieillesse, le croient vieux de » plusieurs siècles et y ont dévotion comme à un lieu saint. Ils » affectent d'aller faire leurs prières à son ombre. Ils attachent » à ses branches des chapelets, des amulettes et des morceaux » de leurs habillements : les malades, ou des gens pour eux, » viennent y brûler de l'encens, y attacher de petites bougies » allumées et y faire d'autres superstitions semblables dans la » pensée de retrouver la santé. Il y a partout en Perse de ces » vieux arbres révérés superstitieusement par le peuple qui les » appelle *Dracte fazel*, c.-à-d. des arbres excellents. On les » voit tout lardés de clouds, pour y attacher des pièces d'habil- » lements par vœu, ou d'autres enseignes[1]. » Barbaro, qui voyageait en Perse au milieu du xve siècle, rencontre aussi les Dracte fazel, et nous donne la raison du culte qu'on leur rend : « incidi » interdum in spinarum arbustum cui ingentem segminum et » scrutorum[2] adhærere copiam vidi; per quæ hoc illi intelligi » volunt, quasi *febrem et morborum alia symptomata* ar- » ceant[3]. » Nous voilà en plein Avesta : ces arbres repoussent la fièvre et la maladie, disent Barbaro et Chardin; les arbres ont été donnés pour repousser la maladie, la mort et les fièvres, nous disait tout à l'heure Ahura Mazda (§ 37). Il n'est point jusqu'au nom de ces arbres qui ne soit zoroastrien : *dirakht-i-fâzil* est la traduction littérale de l'expression avestéenne *urvarâo vañuhîs* (arbores bonæ).

Rien de plus contraire à l'esprit de l'Islamisme que ce culte de

1. Chardin, *Voyages* II, 200, éd. d'Amsterdam.

2. Les poëtes persans comparent les Dirakhti-fâzil à des mendiants en guenilles (Vullers, Dictionnaire persan. s. *dirakht*).

3. Cité par Ouseley, *Travels* I, 469. Voir les nombreux textes recueillis par Ouseley sur le culte des arbres.

la créature. Que l'on se charge de *Ta'vîz*, d'amulettes faites de formules saintes, de versets du Coran, rien de mieux; mais le culte de l'arbre ne pouvait être qu'idolâtrie[1] : il était cependant si puissant et si profondément entré dans les mœurs qu'il subsista, et, qui plus est, devint chose pie, et les Dirakhti fâzil qui avoisinent une mosquée leur font souvent concurrence : « les gens » dévots prennent plaisir de prier Dieu et de méditer sous ces » arbres, plutôt que dans les mosquées... ils disent qu'il faut » croire pieusement que de saints hommes venaient faire » leurs prières dessous, et s'y retiraient à l'ombre pour méditer[2]. » On voit par quel procédé le culte idolatrique était épuré et légitimé : ce n'était plus l'arbre que l'on adorait, mais le souvenir du *Scheikh* qui l'avait sanctifié[3] : les Derviches, qui passent la nuit sous les branches ou dans le tronc de ces arbres, voient apparaître des lumières resplendissantes : ce sont les âmes « des » Aoulia (les saints, les bienheureux) qui ont fait leurs dévotions » à leur ombre. Les affligés de longues maladies vont se vouer à » ces Esprits ou Ombres, et s'ils guérissent dans la suite, ils » ne manquent pas de crier miracle. »

Ainsi le culte de l'arbre, culte éminemment mazdéen, a survécu au mazdéisme : l'arbre chasse la maladie, aujourd'hui comme autrefois, sous les Moula comme sous les Mobed. Xerxès suspendant un collier d'or au platane de la route[4], et le paysan du XIXe siècle accrochant aux arbustes les haillons de son manteau, adorent le même dieu : le seul changement qu'ait apporté le passage de vingt-trois siècles et de dix conquêtes, c'est que les muletiers de M. Patenôtre ne connaissent plus le nom de leur dieu, tandis que le Roi des Rois le connaissait; différence minime aux yeux de la *Théologie comparée,* qui considère les croyances et l'état d'esprit qu'elles révèlent, plutôt que les mots qui

1. Tel était le jugement qu'en portait un Persan, compagnon de route d'Ouseley : all this he condemned as remains of the ancient *but peresti* or idolatry, still lingering in this country since the time when Noah and his family descended into it from mount Ararat. Ouseley, l. c. III, 435.

2. Chardin II, 44, 201.

3. De là le nom de *pîr* (vieillard) donné aussi à ces arbres. « Onde, dicendo che il tale albero, o il tal luogo e *Pîr*, vogliono inferire, che vi habita, e che per diletto vi si trattiene l'anima di qualche *Pîr*, cioe di qualche persona, al falso lor credere, beata. » Pietro della Valle ap. Ouseley, l. c. I, 374.

4. Voir plus haut, page 52, note 5.

les expriment. Or la croyance est la même des deux parts, c'est qu'il y a dans l'arbre une puissance qui chasse la maladie et la mort. Cette « consigne » que suivent encore les paysans du Ghilan, pieux musulmans et adorateurs inconscients de l'Amshaspand Ameretât*t*, cette consigne se perd dans le passé, par delà Hérodote, par delà Xerxès; Xerxès l'avait reçue de ses ancêtres, elle est aussi ancienne que la religion dont les Achéménides ont gravé le catéchisme sur les rochers de Persépolis, aussi ancienne que cette langue des cunéiformes qui était déjà morte il y a vingt siècles[1].

V

§ 43. Nous avons vu dans les pages précédentes ce qu'étaient primitivement et ce que sont devenus les deux derniers des Amshaspands et les Daêvas qui leur sont opposés. Il nous est permis à présent de nous demander s'il y a quelque conclusion à

1. Il est probable que l'étude des légendes et des coutumes modernes permettrait une conclusion identique pour Haurvatâ*t*. A ce propos je prendrai la liberté de faire appel aux critiques anglais pour la solution d'un problème littéraire qui intéresse un de leurs poëtes et qui peut, éventuellement, intéresser notre Amshaspand. Il est une goutte d'eau, dit le poëte du Lalla Rookh, qui, de la lune, à travers les haleines desséchantes de juin, tombe sur la terre d'Égypte : telle est sa force salutaire, sa vertu balsamique, qu'à l'instant où elle descend, la contagion meurt et que la santé ranime terre et cieux :

There's a drop, said the Peri, that down from the moon
Falls through the witherings airs of Juni
Upon Egypt's land, of so healing a power,
So balmy a virtue, that ev'n in the hour
That drop descends, contagion dies,
And health reanimates earth and skies.

(Paradise and the Peri, ad fin.)

Th. Moore explique en note qu'il s'agit de la *nucta* ou goutte miraculeuse qui tombe en Égypte le jour de la Saint-Jean, et qu'on suppose avoir la propriété d'arrêter la peste. Mais T. Moore prête ici à la nucta une propriété qu'elle n'a point et ne lui donne point celle qu'elle a. La nucta n'arrête point la peste, la nucta est la goutte qui produit la crue du Nil (voir Sylvestre de Sacy, traduction d'Abdallatif, Relation de l'Égypte, page 347). Le poète a donc très-probablement confondu la légende égyptienne de la goutte d'eau qui fait croître le Nil, avec une légende différente, celle d'une goutte d'eau qui arrête la peste. Cette dernière légende, à quelle source l'a-t-il puisée? Est-elle persane? Si elle l'est, les vers du poète anglais sont un écho lointain des formules de l'Avesta, citées plus haut (§ 36) : yayata dunma nyâpem yaçkahê apanaçtahê... vî vârentu nava afs nava baêshaza.

tirer de cette étude, pour se diriger dans celle des Amshaspands en général :

1° Cette étude nous fait comprendre tout d'abord pourquoi Haurvatâ*t*-Ameretâ*t* forment un groupe relativement indépendant parmi les Amshapands. C'est que, tandis que les autres représentent des abstractions purement morales (Pureté, Bonne Pensée, etc.), eux représentent des abstractions matérielles : *santé, longue vie*. Les deux groupes comprennent donc deux espèces différentes de biens. Si les biens du second ordre peuvent être considérés comme attachés aux biens du premier ordre et comme en dépendant, la santé et le non-mourir étant la récompense de la Pureté, ils peuvent aussi être considérés à part, et logiquement ils ont dû l'être sous ce dernier aspect bien avant de l'être sous l'autre. L'on a dû demander la santé et la longue vie, et par suite invoquer les dieux qui en disposent, c'est-à-dire personnifier ces abstractions, bien avant de demander la Bonne pensée, la Piété, la Pureté et de les personnifier. Il faudra donc, dans une étude générale sur les Amshaspand, se demander si, historiquement, ils ne doivent point se diviser au moins en deux classes, la première et la plus ancienne étant composée des deux abstractions matérielles que nous avons étudiées.

2° Nous avons vu que l'adaptation de l'attribut matériel à la valeur abstraite s'explique d'une façon toute naturelle, toute spontanée. Rien qui indique le travail réfléchi, le système. Si Haurvatâ*t* et Ameretâ*t* se sont trouvés investis de la royauté sur une partie de la nature, cette royauté, on ne la leur a pas donnée, ils l'ont prise par la vertu de leur définition ; dieux de la Santé et de l'Immortalité, ils étaient appelés par cela même à régner sur la partie de la nature où ces deux biens étaient en dépôt. La force des choses les a faits rois, et non le calcul des théologiens ; là où ils règnent, ils le font par droit mythique, non par droit scolastique. Peut-on en dire autant de leurs collègues ? Sont-ils devenus tous spontanément, sans conscience, sans système, rois dans leur part de la création ? Est-ce, par exemple, le seul développement des idées contenues dans le nom de Vohu-manô, la Bonne Pensée, qui a fait de lui le dieu des troupeaux ? On aura donc à se demander quelle part dans les attributions matérielles des Amshaspands doit être faite à l'*analogie*, ce qu'il y a dans le système de spontané et d'artificiel ; mais de la seule étude d'Haurvatâ*t*-Ameretâ*t* ressort que l'idée fondamentale est spontanée ; un certain nombre d'Amshaspands, deux pour le moins, avaient développé des attributs matériels, par eux-mêmes, en dehors de toute idée systématique.

3° Même question pour les contre-Amshaspands. Sur les six, deux sont naturels et spontanés, Târîc et Zârîc, la maladie et la mort. Les autres le sont-ils? Le sont-ils tous? Ou bien a-t-on cherché consciemment des adversaires à des Amshaspands qui n'en avaient pas trouvé spontanément? Question importante, à cause des noms de trois de ces contre-Amshaspands, et où se trouve engagée d'une façon palpable la question du rapport vrai du Védisme et du Mazdéisme. Si l'opposition d'Añdra, Çaurva, Nâo*n*haitya à trois Amshaspands se trouve être un fait récent et artificiel, une des plus tardives créations du mazdéisme, une création de la religion savante et non de la religion populaire, appartenant à la période de *coordination*, non à la période de *formation*, la théorie d'une *révolution religieuse*, qui aurait jeté dans l'enfer les dieux de la veille, se trouvera singulièrement compromise.

DEUXIÈME PARTIE.

Éléments indo-iraniens.

I.

§ 43. Les dieux mazdéens se partagent historiquement en deux classes. Les uns sont nés avant que la nation dite indo-iranienne se fût divisée en ses deux branches ; ce sont les dieux qui se retrouvent sous le même nom ou sous des noms équivalents dans la religion de l'Inde et dans la religion de la Perse ; on peut les appeler les dieux *indo-iraniens*, quelque profondes que soient d'ailleurs les altérations qu'ils aient par la suite subies chez les deux peuples, qui les transformèrent, chacun de son côté, suivant les tendances propres de son développement religieux. La seconde couche contient les dieux qui ne sont nés qu'après la séparation des deux peuples : nous les appellerons *dieux iraniens proprement dits,* bien qu'en réalité l'action de l'esprit iranien ne soit pas moins énergique ni moins apparente dans les dieux qu'il a transformés, que dans ceux qu'il a créés.

Haurvatâ*t* et Ameretâ*t*, génies des eaux et des plantes, appartiennent à la classe des dieux iraniens proprement dits ; nul groupe analogue dans l'Olympe Védique ; c'est à peine d'ailleurs si la chose a besoin d'être dite, puisque nous avons vu que l'étude des documents iraniens permet d'atteindre une période où Haurvatâ*t* et Ameretâ*t* n'étaient pas encore les dieux des eaux et des plantes, d'où il suit forcément que nous sommes ici en présence d'une création purement mazdéenne. Mais si nous considérons le couple divin non plus à l'état formé, mais dans les éléments dont le rapprochement l'a formé, une nouvelle question se pose, et si le rapprochement des éléments reste un fait purement iranien, on peut se demander si ces éléments eux-mêmes le sont, ou s'ils remontent à une période plus ancienne.

Ces éléments réduits à leur forme essentielle sont au nombre de deux :

1° La croyance que les eaux et les plantes donnent la santé et le non-mourir.

2° Une formule réunissant dans un même vœu la santé et le non-mourir.

II.

§ 44. La croyance que les eaux et les plantes donnent la santé et l'immortalité est-elle purement mazdéenne ou bien est-elle indo-iranienne, c'est-à-dire existait-elle déjà quand les ancêtres des Iraniens et des Indous ne formaient encore qu'un même peuple, de même religion et de même langue?

Cette croyance est indo-européenne : elle existait déjà dans la période de l'unité générale, c'est-à-dire lorsque les ancêtres des Ariens d'Asie et des Ariens d'Europe vivaient encore confondus, ne formant qu'un même peuple, une même religion et une même langue. Nous n'avons pas à refaire la démonstration de cette vérité : elle a été faite depuis longtemps [1]. Nous n'avons qu'à rappeler au lecteur, pour les plantes les mythes indo-européens de Soma [2], pour les eaux les mythes indo-européens des fontaines de Jouvence. Déjà dans la période de l'unité générale poussait dans les rivières atmosphériques une plante céleste dont la liqueur donnait aux dieux leur immortalité : et Cyavana sortant rajeuni des vagues est un mythe germanique et grec aussi bien qu'indien [3]. Il importe peu qu'il s'agisse dans ces mythes de certaines plantes et de certaines eaux : il est clair qu'ils ne pouvaient se former sans le sentiment des vertus vivifiantes des eaux et des plantes *sensibles :* de là partait l'instinct mythique, qui n'avait qu'à porter à l'infini ces vertus expérimentales en les transférant à des êtres analogues, placés hors des prises de l'expérience [4].

1. Voir principalement le livre de M. Kuhn, *Herabkunft des Feuers.*

2. Quel que fût le nom indo-européen de Soma.

3. A la même source coule l'eau de la vie (âbi hhayât, âbi zindagî), cherchée en vain par l'Alexandre de la légende persane.

4. Ce procédé est visible surtout dans les mythes de Haoma-Soma. Il y a deux sortes de Haoma, le Haoma terrestre qui est jaune, le Haoma céleste qui est blanc. Le premier a été apporté du ciel, le second y est resté. Ils ont la même patrie, les mêmes vertus de vie, mais du second seulement il est dit qu'il donnera l'immortalité au jour de la résurrection. Cette distinction est indo-iranienne. Elle était nécessaire. Le

Les mythes indo-européens ne nous montrent que les vertus immortalisantes des eaux et des plantes et non leurs vertus guérissantes ; mais il est bien clair que l'un implique l'autre et si l'on ne cite point des mythes de guérisons merveilleuses communs à toute la race, cela tient sans nul doute à la pâleur de ces mythes comparés à ceux de la première classe.

Nous pourrions, dès ici, répondre à la question posée au commencement de ce paragraphe et conclure que la période indo-iranienne connaissait la croyance en question : en effet, comme cette croyance *existait déjà* dans la période indo-européenne, et *subsistait encore* dans la période iranienne, elle subsistait

buveur de Soma pouvait bien s'écrier dans l'ivresse du moment : Nous avons bu le Soma, nous sommes devenus immortels ! apâma somam am*r*tâ abhûma (8, 48, 3) : l'expérience devait bien vite le convaincre d'erreur. De là, en stricte logique, cette conclusion, que ce n'est point le Soma terrestre, le Soma aux jaunes couleurs, qui avait donné aux dieux et qui donnait aux ancêtres l'immortalité : *il y avait donc un autre Soma*, le vrai, celui qui était resté au ciel et dont le Soma terrestre n'était que l'ombre et l'avant-goût :

Somam manyate papivân yat sampinshanty oshadhim
somam yam brahmâ*n*o vidur na tasya açnâti kaçcana (10, 85, 3)
âchadvidhânair gupito bârhatais soma raxita*h*
grâv*n*âm ic ch*r*n*v*an tish*t*hasi na te açnâti pârthiva*h* (4)
yat tvâ deva prapibanti tata â pyâyase puna*h* (5).

« Quand ils ont broyé une plante, ils se disent : j'ai bu le Soma ;
le Soma que les sages connaissent, nul être au monde n'en a goûté.
A l'abri des voiles qui te couvrent, et des appuis qui te défendent, ô Soma,
tu restes intact sous les pierres bruyantes, nul être terrestre n'a goûté de toi.
O dieu, sous les lèvres qui te boivent, tu coules largement à nouveau. »

Les Ariens de Perse, moins mystiques, donnèrent au Soma céleste des traits plus distincts : ils le définirent *per differentiam*. Pour transformer, avec le moins de frais possible, un objet naturel en objet surnaturel, il suffit de substituer à l'un de ses traits extérieurs un trait que l'expérience ne lui connaît point. Le Haoma terrestre est jaune : donc, le Haoma céleste est blanc. Si l'on avait un beau jour découvert un Haoma blanc, après le premier enthousiasme et la première désillusion, le Haoma céleste aurait aussitôt changé de couleur. (Au vers 4, j'ai traduit hypothétiquement *bârhata* d'après l'analogie de *upabarhana*, même hymne, v. 7 ; grâv*n*âm ic etc. signifie mot à mot *Lapidum modo audiens stas :* il s'agit des pierres avec lesquelles on broie le Soma.)

nécessairement dans la période intermédiaire ou indo-iranienne. Mais les mythes indo-européens ne nous donnent qu'une croyance latente et sourde, qui se dégage aux yeux du psychologue plutôt que de l'historien : l'absence de textes indo-européens ne permet pas d'affirmer *une croyance consciente*, *capable de s'exprimer en une formule.* Or, c'est une croyance de ce genre que nous offre l'Avesta, et qui seule peut expliquer l'empire des eaux et des plantes attribué aux génies de la Santé et de l'Immortalité. Une pareille croyance existait-elle déjà dans la période indo-iranienne? Tels sont les termes où se pose la question.

Si une telle croyance se trouve formulée dans les Védas, il deviendra bien vraisemblable qu'elle existait déjà dans la religion d'où sont sortis le Mazdéisme et le Védisme; et si de plus elle explique des mythes communs aux deux religions, cette vraisemblance deviendra certitude.

§ 45. Eaux. — « Dans les eaux est l'immortalité, dans les » eaux le remède » :

apsv antar amṛtam apsu bheshaǵam (1. 23. 19);

autrement dit, les eaux donnent le non-mourir et la santé.

« Aux eaux je demande le remède; dans les eaux, m'a dit » Soma, dans les eaux sont tous les remèdes; eaux, donnez-moi à » pleins flots le remède, un rempart qui défende mon corps, » — et de voir longtemps le soleil »

apo yâcâmi bheshaǵam
apsu me somo abravîd antar viçvâni bheshaǵâ
âpas pṛṇîta bheshaǵam varûtham tanve mama
ǵyok ca sûryam dṛçe (10. 9. 5-7).

Ce sont des guérisseuses, les meilleures de toutes (*bhishaǵâm bhishaktamâh* Atharva Veda 6. 24. 2), elles sont le remède universel [1]. Comme les nuées de l'Avesta (§ 36), elles apportent dans la pluie du matin le bien-être et la guérison [2] : « puisse » Soma en se purifiant faire du ciel couler vers nous la pluie, les » eaux ondoyantes, dont les fraîcheurs, d'en haut, chassent la » maladie [3] ! »

1. Âpa id vâ u *bheshaǵîr* âpo *amîvacâtanîs*
âpas sarvasya bheshaǵîr tâs te kṛṇvantu bheshaǵam (10, 137, 6).
2. Vṛshṭvî çam yor âpa usri bheshaǵam (5, 53, 14).
3. Pavasva vṛshṭim â su no' pâm ûrmim divas pari
ayaxmâ bṛhatîr ishas (9, 49, 1).

Elles guérissent, qu'elles viennent des flots de l'Océan ou des flots de l'Acesinès [1] :

« Que bienfaisantes soient pour toi les eaux de l'Himavat,
» bienfaisantes les eaux des sources!
» bienfaisantes les eaux qui courent, bienfaisantes les eaux
» de la pluie!
» bienfaisantes les eaux de la lande, bienfaisantes les eaux
» de l'étang!
» bienfaisantes les eaux des citernes, bienfaisantes les eaux
» que tu portes dans tes cruches!...
» Guérisseuses meilleures que les guérisseurs, les eaux,
» nous les bénissons....
» Bienfaisantes te soient les eaux, bonnes te soient les eaux!
» que les eaux chassent de toi la maladie!
» Elles te rafraîchissent quand tu as soif: qu'elles te
» guérissent quand le mal te courbe [2]. »

§ 46. PLANTES. — « O plantes aux cent puissances, délivrez-moi cet homme de la maladie [3]!

» Lorsque les plantes ont fait leur jonction, comme des chefs dans la bataille [4], alors le prêtre prend le nom de guérisseur, celui qui tue le *raxas*, qui chasse la maladie.

» L'Açvâvatî, la Somâvatî, l'Urǵayantî, l'Udoǵas, j'ai découvert toutes ces plantes pour que cet homme soit sans atteinte.

» O plantes, vous venez rapides comme le fleuve, comme l'oiseau, vous défaites tout ce qui fait souffrir.

» Elles surmontent tous les obstacles, comme le voleur la haie de l'étable; les plantes font évanouir tout mal qui ronge le corps.

» Quand moi, qui ranime, je saisis ces plantes dans la main, le souffle de la maladie s'éteint, comme sous le coup d'un meurtrier.

1. Yat sindhau yad asiknyâm yat samudreshu... bheshaǵam (8. 20. 25).
2. Çam ta âpô haimavatîs çam u te santûtsyâ*h*
çam te sanishyadâ âpas çam u te santu varshyâ*h*
çam ta âpo dhanvanyâs çam te santv anûpyâ*h*
çam te khanitrimâ âpas çam yâs kumbhebhir âbh*r*tâ*h*...
bhishagbhyo bhishaktarâ âpo 'yaxmākara*n*îr âpa*h*
yathaiva t*r*shyate mayas tâs ta âhrutabheshaǵîs.
(Atharva V. 19, 2, 1-5.)
3. C'est le prêtre qui parle devant le malade.
4. Expression mythique pour désigner le composé médical. Les plantes réunissent leurs efforts pour chasser du corps du malade les *Raxas* qui en sont maitres.

» Quand sur un malade, ô plantes, vous glissez, membre par membre, jointure par jointure, vous refoulez la maladie hors de son corps, semblables à un vainqueur redoutable.

» Envole-toi, ô maladie, avec le geai et le kikidîvi, envole-toi dans la course du vent [1] .»

Elles écoutent toutes l'appel du prêtre, plantes à fruit ou sans fruit, plantes à fleur ou sans fleur [2]; celles qui sont au loin arrivent, se joignent à celles qui sont près, et toutes ensemble s'aident, s'entendent, confèrent avec le roi Soma pour arracher le malade à l'angoisse [3].

Ecartant la maladie, elles écartent la mort; elles affranchissent le pied de l'homme du lien de Yama [4].

« O arbre *daçavrœa*, délivre cet homme de l'étreinte du Raxas
» qui l'a saisi dans ses membres; ô arbre, conduis-le dans la
» troupe des vivants.

» — Il est venu, il s'est levé, il est rentré dans la troupe des
» vivants; il est devenu père, et heureux entre tous les hommes.

» Il a renoué la chaîne du souvenir, il est rentré dans les villes
» des vivants: car il avait cent remèdes, il avait mille
» plantes [5]. »

1. adhâ çatakratvo yûyam imam me agadam k*r*ta (2).
yatraushadhîs samagmata râĝânas samitâv iva
vipras sa ucyate bhishag raxohâmîvacâtana*h* (6).
açvâvatîm somâvatîm ûrĝayantîm udoĝasam
âvitsi sarvâ oshadhîr asmâ arish*t*atâtaye (7).
sîrâs patatri*n*îs sthana yad âmayati nish k*r*tha (9).
ati viçvâs parishthâs stena iva vraĝam akramu*h*
oshadhî*h* prâcucyavur yat kim ca tanvo rapa*h* (10).
yad imâ vâĝayann aham oshadhîr hasta âdadhe
âtmâ yaxmasya naçyati purâ ĝivag*r*bho yathâ (11).
yasyaushadhîs prasarpathâñgam-añgam parush-paru*h*
tato yaxmam vi bâdhadhva ugro madhyamaçîr iva (12).
sâkam yaxma pra pata câshena kikidîvinâ
sâkam vâtasya dhrâĝyâ (13 — *R*ig V. 10, 97).
2. yâs phalinîr yâ aphalâ apushpâ yâçca pushpi*n*î*h* (15).
3. yâs cedam upaç*r**n*vanti yâçca dûram parâgatâ*h*
sarvâs sañgatya vîrudho (21).
4. mu*n*cantu mâ... yamasya pa*d*bîçât (RV. 10, 97, 16).
5. Daçav*r*xa mu*n*cemam raxaso grahyâ adhi yainam ĝagrâha parvasu
atho enam vanaspate ĝîvânâm lokam unnaya (1).
âĝâd udâĝâd ayam ĝîvânam vrâtam apyagât
abhûd u putrânâm pitâ n*r**n*âmca bhagavattamas (2).
adhîtîr adhyagâd ayam adhi ĝîvapurâ agan
çatam hy asya bhishaĝas sahasram uta vîrudhas (3 — AV. II. 9).

Une bonne partie de l'Atharva n'est que le développement des croyances que les strophes précédentes expriment et que résume la suivante :

Ut tvâ mrtyor oshadhayas somarâgnîr apîparan
apa tvam mrtyum nirrtim apa yaxmam ni dadhmasi
(AV. 8. 1. 18).

« Les plantes qui ont Soma pour roi t'ont fait revenir de la mort;

» Nous arrachons de toi la mort, la Nirrti, la maladie. »

Si dans ce dernier vers nous détachons Nirrti, expression générale de la force destructive, dont la maladie et la mort sont pour ainsi dire les deux aspects, il nous reste le couple *mrtyur yaxmah*, c'est-à-dire l'équivalent du couple iranien *mahrkô yaçkaçca*, reproduit aussi fidèlement que le permettent les lois de formation du sanscrit. Si les Védas ne nous présentent point une formule aussi précise que celle de l'Avesta, s'ils ne disent point dans les mêmes termes que les plantes ont été données pour résister à la maladie et à la mort (*paitistâtêê yaçkahêca mahrkahêca* § 37), la croyance qui a produit cette formule dans l'Avesta n'est pas moins profondément marquée dans des Védas. Le nom même des plantes en sanscrit, *oshadhi*, forme prâcritisante de *avasa-dhi* « trésor de secours [1] », montre que pour les Ariens de l'Inde les plantes sont avant tout *les secourantes, les guérisseuses*. Le nom technique *vîrudh* (celle qui pousse) est moins populaire.

§ 47. Cette croyance commune aux Ariens de Perse et aux Ariens de l'Inde avait produit déjà avant la séparation deux mythes communs.

I. L'on sait que dans le Mazdéisme chaque classe d'êtres a son chef, son *ratu* qui la conduit dans le combat contre Ahriman. Nous avons vu que le Haoma est le chef des plantes : « Le Haoma pressé pour le sacrifice, dit le Bundehesh, est le ratu des plantes salutaires [2] ». Or, le Soma védique, pas plus que le Soma mazdéen, n'est isolé du reste des plantes. Il est leur chef

1. Etymologie très-vraisemblable donnée par les auteurs du Dictionnaire de Saint-Pétersbourg.

2. *Hom i hût bacagân (= bisacagân) urvarân rat* (58, 10). *Le Haoma pressé*, parce que c'est dans le sacrifice seulement qu'il a ses vertus : de même Soma : *Somo râgâmrtam sutah*, le roi Soma, quand il est pressé, est amrta, liqueur d'immortalité (*Vâgasaneyi sanhitâ*).

(vîrudhâm adhipati*h*), leur roi (oshadhîs somarâǵnî*h*), elles le reconnaissent pour tel :

« ô roi, nous sauvons celui pour qui le Brahmam sacrifie
yasmai k*rn*oti brâhma*n*as tam *râǵan* pârayâmasi (RV. 10. 97. 22) [1] ».

II. Nous avons vu dans le chapitre précédent (§ 37) que les plantes mazdéennes croissaient d'abord autour du Gaokerena, ou Haoma céleste, autrement dit, qu'elles croissaient dans le ciel et que de là Ahura les envoya sur terre à Thrita, le premier des hommes guérisseurs. Le Soma étant le roi des plantes sur la terre, il est probable que les plantes composaient aussi sa cour quand il n'était pas encore descendu ici-bas, et par suite que les plantes Indiennes, comme les plantes Iraniennes, viennent du ciel. Cette induction se vérifie :

avapatantîr avadan *diva oshadhayas pari*
yam ǵîvam açnavâmahai na sa rishyâti pûrushah (10. 97. 17).

« *Les plantes ont dit, en descendant du ciel :* le mortel que nous touchons ne souffrira nulle blessure. » Ce texte, unique, mais formel, permet de poser, à côté du mythe indo-iranien de la *descente de Soma*[2], un second mythe indo-iranien, celui de la *descente des plantes*. C'est ici un des cas où l'Avesta est plus archaïque et plus complet que les Védas[3] : ceux-ci n'ont plus qu'un souvenir du mythe, l'Avesta en connaît l'histoire. Les commentateurs indiens, si prolixes d'ordinaire, sont ici d'une

1. Je regarde donc Soma comme ayant déjà le titre de roi des plantes dans la période indo-iranienne. De ce que le Mazdéisme a donné des rois systématiquement à chaque classe d'êtres, il n'en faut pas conclure que Soma et Haoma sont devenus rois chacun de leur côté après la séparation des deux peuples. Le germe du système est indo-iranien. La religion indo-iranienne avait déjà au moins deux rois : 1° le roi des êtres célestes, le dieu-providence qui surveille l'univers, d'où sont sortis d'une part Varu*n*a, l'*Asura, qui sait tout* (asuro viçvavedâ*h* RV. 8. 42. 1), d'autre part l'*Ahura, grand savant* (ahurô maz-dâo) : 2° Soma, roi des plantes. Il y avait là les rudiments d'une classification générale des êtres : de là sortit le système mazdéen : l'Inde n'arrive pas à une hiérarchie précise et arrêtée : mais elle en a aussi l'idée et cherche parfois à la réaliser (par exemple : Harivaña, 222ᵉ adhyâya).

2. Les titres de ce mythe sont dans l'Avesta, le 10ᵉ et le 11ᵉ chapitre du Yaçna, dans les Védas 4, 26; 8, 84, 3; 89, 8, etc.; cf. Kuhn, Herabkunft des Feuers.

3. Ces cas ne sont pas très-rares : dans les mythes de Trita et de Yama, l'Avesta explique les Védas.

concision rare; ils n'ont aucune légende sur ces vers, preuve qu'ils n'en connaissent point, qu'il n'y en a plus[1]. Mais la langue de la poésie classique, plus fidèle, a conservé un écho de ce mythe : « quand la fleur kuruvaka montre sa corolle sombre et sa » lèvre rose comme l'ongle d'une femme, quand le jeune açoka, » avec ses éclatantes couleurs, songe à s'entr'ouvrir, quand le » manguier étale une cime nouvelle dont les extrémités jaunissent » sous une couche légère de pollen, c'est un signe que la *descente* » *du printemps* vient de se faire[2]. » La descente du printemps, le *vasantodâra* des poètes, est le dernier témoin dans l'Inde du mythe indo-iranien[3] : le mythe incompris s'est évaporé en métaphore poétique[4].

§ 48. Ces propriétés communes des eaux et des plantes avaient amené déjà dans la période indo-iranienne la formation d'un couple *eaux et plantes*[5] (§ 10). Nous connaissons ce dvandra dans l'Avesta, c'est le dvandva *âpô urvarâo*. Les Védas offrent

1. Sâyana se contente d'expliquer les mots : divo = dyulokâd avapatantîr = avapatantya oshadhîr ittham paryavadan. De même Mahîdhara dans la Vâgasaneyi Sanhitâ : divas pari=dyulokât sakâçâ davapatantîr = avapatantyo 'dhastât bhûmau gachantya oshadhaya avadan = parasparam vadanamuktavatyah (12, 90).

2. *Vikramorvaçî*, édition de Calcutta, p. 24 :

vidûshakah

pekkhadu pekkhadu bhavă *vasantâvadâra* sûidassa ahîrâmattană pamadavanassa

râgâ

agre strînakhapâtală kuruvakă çyâmă dvayor bhâgayor
vâlâçokam upodharâgasulabhă bhedonmukhă tishthati
îshadvaddharagâhkanâgrakapiçâ cûte navâ mangarî.

3. Cf. Çâkuntala, éd. Chézy, p. 20. *Vasantodâra* ou mieux *vasandodâra* est la contraction prâcrite de vasanta-avatâra.

4. Citons encore ces vers de l'Atharva (2, 7, 3) :

divo mûlam avatatam prthivyâ adhyuttatam
tena sahasrakândena pari nas pâhi viçvatah.

« Cette plante *qui descend du ciel* et qui monte hors de la terre, par cette plante aux mille entre-nœuds protége-nous de tout mal. » La plante remonte au ciel dont elle vient. — Un certain nombre de plantes ont pour nom le mot *divya* « céleste » (Dictionn. de Saint-Pétersbourg, s. v.).

5. D'autres causes contribuèrent à la formation de ce groupe : la double naissance d'Agni dans les eaux et les plantes (1, 164, 52; 3, 1, 13; 22, 2; 10, 51, 3, etc.), leur union dans le sacrifice (10, 30, 5) et surtout leur union naturelle (5, 82, 10; 7, 70, 4; 7, 101, 2).

le même couple : seulement le mot *urvarâ*, ayant pris en sanscrit un sens différent [1], a été remplacé par le nom sanscrit de la plante *oshadhi*. Les devoirs négatifs à l'égard de Khordâd Amurdâd (§ 6) se résument dans ces mots de la Vâǵasaneyi Sanhitâ (6. 22) : mâpo maushadîr hinsîh, « n'outrage point les eaux ni les plantes. » Naturellement le couple védique *âpo oshadhayah* est plus rare et moins actif que le couple zend : il est en train de mourir tandis que l'autre se développe : mais il reste encore des traces de leur union dans les vertus de vie et de santé :

Sumitriyâ na âpa oshadhayas santu
durmitriyâs tasmai santu yo' smân dvesh*t*i
yam ca dvishma*h* (*Vâǵ.* 5, 6, 22).
« Amies nous soient les eaux et les plantes,
» ennemies soient-elles à qui nous hait
» et que nous haïssons. »
çam te agnis saha adbhirastu
*çam somas saha oshadhîbhi*h Atharva V, 2, 10, 2

« Puissent te protéger Agni avec les eaux, Soma avec les plantes. »

Chez les Ariens de l'Inde, comme chez les Ariens de Perse, même sentiment d'admiration et d'envie inconsciente devant *l'eau qui court*, *l'arbre qui pousse*, témoins éternels de la force et de la santé de la nature : ils envient « l'éclat des eaux, leur lumière, leur force, et la vigueur des arbres [2]. »

Ainsi, mêmes relations avec la plante d'immortalité, mêmes propriétés, même origine, même patrie : les plantes des deux peuples ont un passé commun.

III.

§ 49. Donc, la croyance que les eaux et les plantes donnent santé et non-mourir existait dans la période indo-iranienne; et elle existait, non comme croyance latente et sourde se révélant à l'historien par des mythes qui la supposent, mais comme croyance consciente, réfléchie, capable de s'exprimer directement.

Cette croyance rencontrant dans la période iranienne le couple de dieux abstraits, Santé, Immortalité, en fit sortir les dieux des eaux et des plantes.

1. « Terre ensemencée. »
2. Atharva V. 1, 35, 3. apâm teǵo ǵyotir oǵo balamcâ vanaspatînâm uta vîryâ*n*i.

Ce couple « *santé, non-mourir* » est-il de formation iranienne, ou bien y a-t-il dans les Védas des indices de nature à faire penser qu'il est plus ancien? — Il y a ici deux choses à distinguer : l'idée et la formule.

§ 50. Comme l'Avesta, les Védas réunissent dans un même vœu ces deux objets : nous les avons déjà rencontrés plusieurs fois réunis : nous avons vu les eaux maîtresses de *l'immortalité* et du *remède* (amrtam, bheshagam), c'est-à-dire *du non-mourir* et *de la santé;* nous avons vu qu'on leur demandait le *remède* et *de voir longtemps le soleil*, c'est-à-dire encore santé et longue vie[1].

Voici enfin une formule encore plus claire et plus directe, où la santé est exprimée par le nom même du génie iranien :

Savitâ nas suvatu *sarvatâtim*
Savitâ no râsatâm *dîrgham âyus* (10. 36. 14.)
« Que Savitar nous envoie *santé*,
Que Savitar nous donne *longue vie.* »

Ce mot *sarvatâti*, plus archaïque pour la forme que le zend correspondant, puisqu'il n'a pas encore émoussé le suffixe final, est identique pour le sens. Mais d'autre part, *il est plus archaïque que la langue à laquelle il appartient*, il ne peut plus s'expliquer par la langue védique, parce qu'il est resté stationnaire de sens, tandis qu'à côté de lui le mot qui l'explique, *sarva*, déviait[2]. Les Indous ne le comprennent plus, ils ne savent plus

1. Nous avons déjà noté plus haut le trio *mrtyu nirrti yaxma* qui en réalité se réduit au duo *mrtyu yaxma* équivalent du duo zend (§ 46).

Même idée dans ces vers de l'Atharva.

Pratyak sevasva *bheshagam — garadashthim* krnomî te (5. 30. 6) :

Reçois un à un ces *remèdes*, je te rends *ayant des os vieillissants*. Et plus loin :

mâ bibher *na marishyasi* garadashthim krnomi tvâ
niravocam aham *yaxmam* añgebhyo' ñgagvaram tava
ne crains rien, *tu ne mourras pas*, par moi tu viendras à vieillesse;
ma voix a chassé de tes membres *la maladie* qui les dévore.

Même idée encore dans le refrain védique :

(evam) dadhâra te mano gîvitave na mrtyave 'tho 'rishtatâtaye « je fixe fortement ton âme, pour que tu vives, que tu ne meures pas, » et pour que tu sois sans mal »; autrement dit, je te soustrais à la mort, à la maladie, je te rends, disait l'Avesta, *amahrkem ayaçkem.*

2. De là l'embarras des grammairiens indous. Ils s'en tirent par un expédient qui aboutit à un non-sens : *tâti* est là comme s'il n'y était pas, et *sarvatâti* a le sens de *sarva*. Mais de traduire *svastim îmahe sarva-*

la chose qu'il exprime, et ils ne peuvent plus le savoir, parce qu'il est plus archaïque que la langue védique, il est *pré-védique*. Ceci nous assure l'antiquité de la formule que nous venons de citer, formule dont la valeur exacte, dont la profonde unité n'est plus saisissable pour la langue védique et à laquelle la langue indo-iranienne donne un sens clair, précis, doublement concordant et avec les formules iraniennes et avec d'autres formules védiques de sens identique et encore comprises.

Donc l'idée de ce couple est védique aussi bien qu'iranienne, et puisque la croyance que les eaux et les plantes donnent *immortalité et santé* est indo-iranienne, nous pouvons dire que ce couple, indien et iranien, est indo-iranien.

§ 51. Si à présent nous comparons la dernière formule citée à la formule zende, nous voyons que l'un des deux termes zends est reproduit (*haurvatât*), l'autre commenté (*ameretât*). Dans une autre formule védique déjà citée et identique de sens, (apsu antar am*r*tam apsu bheshağam § 45), formule réunissant le même couple d'idées, immortalité et santé, nous trouvons le rapport inverse, c.-à-d. *ameretât* reproduit[1] et *haurvatât* commenté; autrement dit, non-seulement le sanscrit connaît le couple zend, Santé-

tâtaye (6, 56, 6), « nous demandons le bien-être pour tout ce qui est à nous », c'est ce qu'il est difficile de faire avec la meilleure volonté du monde, quand l'on rencontre ailleurs

ağitaye 'hataye pavasva svastaye sarvatâtaye 9. 96. 4.

« Coule en te purifiant, ô Soma, pour nous donner la victoire, la vie sauve, le bien-être, la *sarvatâti* ».

Il est clair que *sarvatâti* est un bien du même ordre que *svasti*, *ahati*, etc.

M. Benfey, ayant reconnu dans *sarva* le latin *salvus* (cf. § 14), assimila *sarvatâti* à *salus* = *salvotât* (ou plus exactement *salvitût*). En conséquence, il le traduit par « santé, salut. » Le vers cité plus haut devient donc : coule... pour nous donner la victoire, la vie sauve, le bien-être, la santé. La formule *svastim îmahe sarvatâtaye* signifie : « nous implorons le bien-être et d'être en santé »;

ta âdityâ â gatâ *sarvatâtaye*
bhûta devâ v*r*tratûryeshu çambhuvas 1. 106. 2.

« O vous, âdityas, venez pour que nous soyons sains et saufs;
soyez-nous favorables, ô dieux, que nous écrasions nos ennemis! »

1. Pour qu'il y eût reproduction exacte, il faudrait *amrtatâti* (forme très-correcte dans la langue védique, cf. arish*t*a-tâti). Mais dans am*r*tam le neutre transforme le participe en abstrait, aussi bien que pourrait le faire le suffixe *tâti*. La concurrence *d'amrtam* et *d'amrtatvam* explique très-aisément la disparition *d'amrtatâti*.

Immortalité, mais il connaît encore chacun des deux termes zends qui désignent les deux membres de ce couple, et il combine chacun d'eux avec un équivalent de l'autre ; il devient permis dès lors de se demander s'il n'y a pas eu à une certaine époque des formules où le sanscrit combinait directement ces deux termes que dans les formules védiques il ne combine que par équivalent [1]. En d'autres termes, on peut se demander si le couple zend *haurvatât ameretât* ne descend pas directement d'un couple indo-iranien. Les Indo-iraniens demandaient aux dieux la santé et l'immortalité dans une formule : SARVATÂTI *AMARTATÂTI [2]; cette formule s'immobilisa chez les Iraniens, parce qu'ils en personnifièrent les deux termes. Chez les Indiens, elle resta mobile, et par suite exposée aux ravages de la synonymie, les besoins du mètre aidant; de là les *versions* différentes des Védas [3].

1. En fait, il existe un passage où l'on demande aux dieux *amṛtam* et *sarvatâti;* mais on leur demande, entre deux, autre chose, ce qui brise l'unité de la formule :

dadâta no amṛtasya pragâyâi
ģigṛta râyas sûnṛtâ maghâni (7. 57. 6)
â stutâso maruto viçva ûtî
acha sûrîut sarvatâtâ ģigâta (7)
« Donnez-nous place (ô Maruts) dans la race de l'Immortalité,
envoyez-nous riche et bienheureuse fortune ;
à notre hymne, vous tous, Maruts, venez nous secourir ;
venez vers vos fidèles, avec la santé. »

ûtî et *sarvatâtâ* représentent la même idée; on demande donc aux Maruts *amrtam* — *râyas* — *sarvatâtim*, immortalité — richesse — santé.

2. Le perse *marta*, le persan *murdeh* semblent prouver que le *r* voyelle, malgré le zend *mereta*, n'est pas indo-iranien. Voir la grammaire zende de M. Spiegel, § 12.

3. Il y a un refrain védique où *sarvatâti* est mis en rapport avec *aditi :* â *sarvatâtim aditim* vṛnîmahe (10, 100, 1-11.) On le traduit en général : nous demandons santé à Aditi (v. J. Muir, *Sanskrit texts* V, 45 note); M. Grassmann (Lexique Védique) considère *aditi* comme un adjectif se rapportant à *sarvatâtim* et le traduit *incessant* (unaufhœrlich). Une troisième traduction serait grammaticalement possible; ce serait de considérer *aditi* comme nom commun et de le construire parallèlement à *sarvatâti.* Avant de nous décider, il faut essayer de nous rendre compte de ce qu'est Aditi. *Aditi* est tantôt un adjectif, tantôt un substantif abstrait, souvent personnifié. M. Roth a donné de l'adjectif deux explications différentes; dans son dictionnaire, il le traduit *bundlos, frei* (sans lien, libre), et le ramène à la racine *dâ* lier ; dans son étude sur les grandes divinités aryennes (*Journal de la Société germanique orientale* VI, 68), il en faisait l'*Eternité* (die Ewigkeit, das Ewige).

IV.

§ 52. Donc, les deux éléments dont le développement et la fusion ont donné naissance aux deux Amshaspands, Haurvatât et

Ce dernier sens auquel d'ailleurs M. Roth semble être revenu (v. dictionnaire s. *diti* 1) répond aux nécessités des textes plus que le premier. *Aditi* « ce qui n'est point tranché » (*dâ*, participe *dina* et *dita*) est l'indivisible, *akhandanîyâ* disent les commentateurs indiens; c'est l'illimité, soit dans l'espace, soit dans le temps, c'est-à-dire l'infini et l'immortel. *Aditi* sera donc l'épithète des choses infinies ou immortelles et, à l'occasion, leur nom. Par suite, dans l'espace, il désignera, tour à tour, la terre, le ciel, la nature. Dans le temps, il s'emploie soit comme adjectif, soit comme substantif abstrait. Comme adjectif, il signifie *l'impérissable :* âdityâso *aditayas* syâma (7. 52. 1) : « ô âdityas, puissions-nous être impérissables »; Mitra et Varuna montent sur leur char et voient de là *aditim ditimca* (5. 62. 8), c'est-à-dire *l'impérissable et le périssable* (Roth l. c. 71 ; c'est absolument comme s'il y avait *amrtam martyamca* (1. 35. 2). Comme substantif abstrait, *aditi* sera *l'immortalité*. Les âdityas, fils d'Aditi (*adites putrâh* 7. 60. 5) sont les fils de l'immortalité, c'est-à-dire *les immortels :* c'est ainsi que les dieux sont appelés *amrtasya putrâh* (10. 13. 1.*). Par la même raison que les âdityas sont les fils de l'Immortalité, ils sont aussi bien ses frères (svasâ 'dityânâm 8. 90. 15; cf. AV. 6. 4. 1 ap. Muir 38). Cette parenté purement abstraite résout l'énigme védique d'Aditi fille et mère de Daxa (10. 72. 5 *aditer daxo 'gâyata daxâd u aditis pari*) : en effet, Daxa est l'énergie vitale (*daxam dadhâsi gîvase* « tu mets dans l'homme l'énergie pour qu'il vive » 1, 91, 7; on doit peut-être en rapprocher le zend *daç-vare* qui désigne la vigueur de la santé, *daxa* serait pour *daç-sa*); les fils de Daxa disposent de la force, de la vie, la longue vie, celle de cent années (AV. 1, 35, 1, 2); Daxa n'est donc que la forme positive d'Aditi et le vers énigmatique signifie le *non-*

* C'est ainsi encore qu'Agni est appelé *sahasas sûnus* « fils de la force », et cette épithète embarrassait déjà les poètes védiques eux-mêmes qui se mirent en quête d'étymologie [RV. 5. 11. 6]; en realité *sahasas sûnus* = *sahasvan* « le fort », autre épithète d'Agni. Il faut se défier en mythologie des noms de parenté, qui ne sont souvent que des substituts de suffixe. L'on sait que les langues sémitiques usent particulièrement de ce procédé; mais comme elles n'ont pas cessé de le comprendre, elles n'en tirent pas une mythologie secondaire. L'hébreu a l'équivalent de l'expression *sahasas sûnus :* « ben hhayyil » ; mais il n'entend par là que « le fort », et rien qui ressemble à un fils de la force; l'étoile matinale s'appelle « le fils du matin *ben shâhhar* »; dans ces deux mots, que de mythes en puissance, pour des races moins maîtresses de leur imagination et de leur langue! — Pûshan « qui ouvre large route et délivre de l'angoisse » est appelé « fils de la délivrance » *vimuco napât* (1. 42. 1); cela veut dire tout simplement « celui qui délivre. » Néanmoins il ne serait pas étonnant de trouver dans quelque coin de la mythologie brahmanique un dieu Vimuc, père de Pûshan.

Ameretât, existaient déjà dans la période indo-iranienne. Les deux éléments dont ils sont faits, à savoir, une croyance mythique et un couple d'abstractions, les Ariens de l'Inde les avaient reçus aussi bien que les Ariens de Perse. Mais chez les premiers ces deux éléments restèrent isolés et par suite stériles; chez les seconds, ils se rapprochèrent, les deux abstractions se person-

mourir donne la *vie*, la *vie* donne le *non-mourir*; l'on sait que les Védas ne s'épargnent pas à l'occasion ces jeux puérils (Exemple : le fils a engendré ses parents, c'est-à-dire Agni-éclair naît des eaux de l'orage et les produit). Pour la même raison, les dieux sont fils de Daxa, de la force vitale, c'est-à-dire des êtres tout de vie, des *asuras*, et *devâ daxapitarah* n'est rien autre chose qu'un synonyme de *sudaxâh* (c'est ainsi que Mitrâvarunâ sont appelés *tuvigâtâ* (nés forts) et au vers suivant *sudaxâ daxapitarâ* (7. 66. 1 et 2); cf. Taittirîya Sanhitâ, ap. Muir 51). *Daxa* et *Aditi* sont donc l'expression de la même force; Daxa en est l'aspect mâle, Aditi l'aspect femelle; ex. :

asacca sacca parame vyoman
daxasya ganman aditer upasthe (10, 5, 7).
« l'Être et le Non-être sont au plus haut du firmament,
» engendrés par Daxa, enfantés par Aditi »,

c'est-à-dire, produits par l'Energie vitale dans le sein de l'éternité, expression mythique et métaphysique de l'action éternelle des forces créatrices. — Aditi, marquant l'éternité, peut par suite marquer le non-mourir : de là, le vœu : puisses-tu vivre au sein d'Aditi cent hivers (aditer upasthe çatam himâh AV. 2, 2, 8, 4); *ko no mahyai aditaye punar dât*, s'écrie Çunasçepa sous le couteau : qui « nous rendra à la grande immortalité? » (1, 2, 4, 1). De là, les appels à la protection d'Aditi (suçarmânam 10, 63, 10; na urushyatu, çarma yacchatu, 8, 47, 9: yathâ na aditis karat paçve nrbhyo... rudriyam 1, 43, 2). — Aditi paraît avec un caractère moral (anâgasa aditaye syâma 1, 24, 15; anâgân aditeh, 4, 12, 4), mais c'est là un trait plus récent et qui a passé des dieux *âditya* à leur mère supposée.

Nous pouvons revenir à présent à la formule *â sarvatâtim aditim* vrnîmahe : nous avons le choix entre deux traductions : « nous demandons santé et immortalité » et « nous demandons santé à Aditi. » Je crois que la formule a eu les deux sens à deux époques différentes; le premier, quand aditi n'était pas encore personnifiée, dans la période intermédiaire entre la période indo-iranienne et la période védique telle que nous la connaissons; le second, quand Aditi fut devenue une déesse. — Le couple indo-iranien *sarvatâti* — **amartatâti* a donc pour représentants védiques : *sarvatâti — dîrgham âyus*; *bheshagam — amrtam*; *sarvatâti — aditi*; ce dernier est le plus fidèle, le premier terme étant identique et le second équivalent par le sens et la forme grammaticale. Inutile de dire que les commentateurs indous ne comprennent plus rien à cette formule *trop antique*.

nifièrent, et de leur contact avec la croyance mythique[1] sortit un être mythique concret.

L'histoire indo-iranienne de nos deux génies peut donc se résumer comme il suit :

Dans la période d'unité, l'on croyait que les eaux et les plantes donnent la santé et le non-mourir; et l'on demandait aux dieux la santé et le non-mourir (*sarvatâtim* **amartatâtim* **varnâmadhe*) : une croyance et une formule.

Quand la religion indo-iranienne se divise, la croyance mythique subsiste des deux parts, mais plus nette chez les Iraniens. La formule abstraite s'obscurcit et s'éteint chez les Indiens ; elle reste vivante chez les Iraniens : Santé et Immortalité deviennent des êtres concrets, des personnes ; elles luttent contre la Maladie et la Mort ; or, les eaux et les plantes soutenant la même lutte sont leurs auxiliaires naturels, deviennent leurs sujets, et aussitôt voici lancées deux divinités nouvelles, les divinités des eaux et des plantes, qui bientôt perdent tout souvenir de leur valeur primitive.

§ 53. Donc, si Haurvatâ*t* et Ameretâ*t* sont des dieux purement mazdéens, le germe dont ils sont sortis ne l'est pas. Nés dans la période iranienne, ils ont été conçus dans la période indo-iranienne. — En étudiant une à une les diverses divinités purement mazdéennes, j'essayerai de montrer qu'il en est de même, c'est-à-dire que le mazdéisme est au même titre que le védisme un développement spontané et libre de la religion indo-iranienne, se transformant sans secousse, et sans qu'il soit besoin d'invoquer une invasion étrangère, ou une révolution intérieure.

1. Cette croyance est au fond la même qui, dans la période indo-européenne, produit les mythes de Soma et des eaux d'immortalité, et l'on peut dire que là formation de Haurvatâ*t*-Ameretâ*t* est un *regain* des mythes de Soma.

INDEX

DES MOTS EXPLIQUÉS[1].

I.

ZEND.

II.

PERSAN (parsi et pehlvi).

III.

SANSCRIT.

1. Cet index ne comprend que les mots dont on propose une explication nouvelle ou qui sont soumis à une discussion.

TABLE DES MATIÈRES.

INTRODUCTION.

PREMIÈRE PARTIE.

Haurvatât et Ameretât dans l'Avesta.

CHAPITRE PREMIER.

Attributs matériels de Haurvatât et d'Ameretât.

CHAPITRE SECOND.

Valeur abstraite de Haurvatât et d'Ameretât.

CHAPITRE TROISIÈME.

Rapport de la valeur abstraite et de l'attribut matériel.

DEUXIÈME PARTIE.

Éléments indo-iraniens.

ERRATA.

Page 8, note, ligne 6; au lieu de: cf. la 2e note du § 30, lire: page 43, n. 2.

23, ligne 27; au lieu de : pann nîvakân, lire : pavan nîvakân.

24, ligne 10 ab imo; au lieu de : § 33. 25, lire : § 33. 2.

29, note, ligne 3, au lieu de : pann zake, lire : pavan zake.

30, ligne 6 ab imo, ajouter en tête : § 23.

31, 11, ajouter en tête : § 24.

12; au lieu de : nahrkaçca, lire : mahrkaçca.

16; — : marhko, lire : mahrkô.

32, 5; — : tévishi, lire : tévîshi.

34, 9; — : § 26, lire : § 26 bis.

Nogent-le-Rotrou. Imprimerie de A. Gouverneur.

COLLECTION HISTORIQUE. Recueil de travaux originaux ou traduits, relatifs à l'histoire et à l'archéologie.

1er fascicule : Etudes sur les Pagi, par A. Longnon, gr. in-8°, accomp. de 2 cartes. 3 fr.

2e fascicule : Etudes critiques sur les sources de l'histoire mérovingienne, par M. Gabriel Monod, directeur-adjoint à l'Ecole des Hautes Etudes et par les membres de la Conférence d'histoire. 6 fr.

3e fascicule : Etudes sur les Pagi de la Gaule, par A. Longnon. 2e partie : les Pagi du diocèse de Reims, avec 4 cartes 7 fr. 50

4e fascicule : Itinéraire des Dix mille. Etude topographique par M. F. Robiou, directeur-adjoint à l'Ecole des Hautes Etudes, avec 3 cartes. 6 fr.

5e fascicule : Etude sur Pline le jeune, par Th. Mommsen, traduit par M. C. Morel, répétiteur à l'Ecole des Hautes Etudes. 4 fr.

6e fascicule : Etude sur les comtes et vicomtes de Limoges antérieurs à l'an 1000, par R. de Lasteyrie, élève de l'Ecole des Hautes Etudes. 5 fr.

COLLECTION PHILOLOGIQUE. Recueil de travaux originaux ou traduits, relatifs à la philologie et à l'histoire littéraire.

1er fascicule : La théorie de Darwin; de l'importance du langage pour l'histoire naturelle de l'homme, par A. Schleicher. In-8°. 2 fr.

2e fascicule : Dictionnaire des doublets ou doubles formes de la langue française, par A. Brachet. In-8°. 2 fr. 50

3e fascicule : De l'ordre des mots dans les langues anciennes comparées aux langues modernes, par H. Weil. In-8°. 3 fr. 50

4e fascicule : Dictionnaire des doublets ou doubles formes de la langue française, par A. Brachet, Supplément. 50 c.

5e fascicule : Les noms de famille, par Eug. Ritter, prof. à l'Université de Genève. 3 fr. 50

NOUVELLE SÉRIE. 1er fascicule : De la stratification du langage, par Max Müller, traduit par M. Havet. — La Chronologie dans la formation des langues indo-germaniques, par G. Curtius, traduit par M. Bergaigne, répétiteur à l'Ecole des Hautes Etudes. Gr. In-8°. 4 fr.

2e fascicule : Notes critiques sur Colluthus, par Ed. Tournier, directeur d'études adjoint à l'Ecole des Hautes Etudes. 1 fr. 50

3e fascicule : Anciens glossaires romans, corrigés et expliqués par F. Diez. Traduit par A. Bauer, élève de l'Ecole des Hautes Etudes. 4 fr. 75

4e fascicule : Des formes de la conjugaison en égyptien antique, en démotique et en copte, par G. Maspero, répétiteur à l'Ecole des Hautes Etudes. 10 fr.

5e fascicule : la Vie de Saint-Alexis, textes des XIe, XIIe, XIIIe et XIVe siècles, publiés par G. Paris et L. Pannier. 15 fr.

6e fascicule : Le Bhâminî-Vilâsa, texte sanscrit, publié avec une traduction et des notes par Abel Bergaigne, répétiteur à l'Ecole des Hautes Etudes. 8 fr.

7e fascicule : Du genre épistolaire chez les anciens Egyptiens de l'époque pharaonique, par G. Maspero, répétiteur à l'Ecole des Hautes Etudes. 10 fr.

8e fascicule : Du C dans les langues romanes, par M. Ch. Joret, ancien élève de l'Ecole des Hautes Etudes, professeur agrégé au lycée Charlemagne. 12 fr.

9e fascicule : Cicéron. Epistolæ ad Familiares. Notice sur un manuscrit du XIIe siècle par Charles Thurot, membre de l'Institut, directeur de la Conférence de philologie latine à l'Ecole pratique des Hautes Etudes. 2 fr.

10e fascicule : De la formation des mots composés en français, par M. A. Darmesteter, répétiteur à l'Ecole des Hautes Etudes. 12 fr.

11e fascicule : Quintilien, institution oratoire, collation d'un manuscrit du Xe siècle, par Emile Châtelain et Jules Le Coultre, licenciés ès-lettres, élèves de l'Ecole pratique des Hautes Etudes. 3 fr.

12e fascicule : Hymne à Ammon-Ra des papyrus égyptiens du musée de Boulaq, traduit et commenté par Eugène Grébaut, élève de l'Ecole des Hautes Etudes, avocat à la Cour d'appel de Paris. 22 fr.

13e fascicule : De Rhotacismo in indoeuropaeis ac potissimum in germanicis linguis. Commentatio philologica a Carolo Joret. 3 fr.

14e fascicule : Pleurs de Philippe le Solitaire, poème en vers politiques publié dans le texte pour la première fois d'après six mss. de la Bibliothèque nationale par l'abbé Emmanuel Auvray, licencié ès-lettres, professeur au petit séminaire du Mont-aux-Malades. 3 fr. 75

15e fascicule : Haurvatât et Ameretât. Essai sur la mythologie de l'Avesta, par James Darmesteter, élève de l'Ecole pratique des Hautes Etudes. 4 fr.

DESJARDINS (E.). Desiderata du Corpus inscriptionum latinarum de l'Académie de Berlin (t. III). Notice pouvant servir de 1er supplément. Le Musée épigraphique de Pest. 1er fasc. In-fol. 8 fr.

2e et 3e fascicules. Les Balles de fronde de la République (guerre sociale, guerre servile, guerre civile). In-fol. avec 6 planches en photogravure représentant 222 sujets reproduits d'après les originaux. 24 fr.

Le quatrième fascicule est sous presse.

DIEZ (F.). Grammaire des langues romanes. 3e édition refondue et augmentée. T. 1er traduit par A. Brachet et G. Paris. Tomes 2e et 3e, 1er fasc., traduits par A. Morel-Fatio et G. Paris. Gr. in-8°. 30 fr.

Un volume complémentaire, pour lequel M. Paris s'est assuré la collaboration des romanistes les plus autorisés, sera publié immédiatement après le troisième et comprendra : 1° une introduction étendue sur l'histoire des langues romanes et de la philologie romane; 2° des additions et corrections importantes aux trois volumes précédents; 3° une table analytique très-détaillée des quatre volumes.

'LAMENCA (le roman de), publié d'après le manuscrit unique de Carcassonne, avec introduction, sommaire, notes et glossaire, par M. P. Meyer. Gr. in-8°. 12 fr.

;UESSARD (F.). Grammaires provençales de Hugues Faidit et de Raymon Vidal de Besaudun, XIIIe siècle. 2e édit. In-8°. 5 fr.

IEINRICH (G.-A.). Histoire de la littérature allemande depuis les origines jusqu'à l'époque actuelle. 3 forts volumes in-8°. 24 fr.

IUMBOLDT (G. de). De l'origine des formes grammaticales et de leur influence sur le développement des idées, traduit par A. Tonnellé. In-8°. 2 fr.

IUSSON (H.). La Chaîne traditionnelle. Contes et Légendes au point de vue mythique. 1 vol. petit in-8°. 4 fr.

OLY. Benoît de Sainte-More et le roman de Troie, ou les Métamorphoses d'Homère et de l'Epopée gréco-latine au moyen-âge. 2 vol. in-4°. 60 fr.

IANIÈRE (la) de langage qui enseigne à parler et à écrire le français. Modèles de conversations composés en Angleterre à la fin du XIVe siècle, et publiés d'après le ms. du Musée britannique. Harl. 3988. Gr. in-8°. 3 fr.

IÉMOIRES de la Société de linguistique de Paris. Tome 1er complet en 4 fascicules. T. II complet en 5 fascicules. 36 fr.

IEYER (P.). Les derniers troubadours de la Provence d'après le chansonnier donné à la Bibliothèque impériale par M. C. Giraud. Gr. in-8°. 8 fr.

— Documents manuscrits de l'ancienne littérature de la France conservés dans les Bibliothèques de la Grande-Bretagne. Première partie. Londres (Musée britannique), Durham, Edimbourg, Glasgow, Oxford (Bodléienne) 1 vol. in-8°. 6 fr.

ISARD (C.) Etude sur le langage populaire ou patois de Paris et de sa banlieue, précédée d'un coup d'œil sur le commerce de la France au moyen-âge, les chemins qu'il suivait et l'influence qu'il a dû avoir sur le langage. 1 vol. in-8°. 7 fr. 50

ARIS (G.). Étude sur le rôle de l'accent latin dans la langue française. In-8° épuisé. 5 fr.

— Histoire poétique de Charlemagne. Gr. in-8°. 10 fr.

— Dissertation critique sur le poème latin du Ligurinus attribué à Gunther. In-8°. 3 fr.

— Le petit Poucet et la Grande-Ourse, 1 vol. in-16. 2 fr. 50

— Les contes orientaux dans la littérature française du moyen-âge. In-8°. 1 fr.

UYMAIGRE (Comte de). La Cour littéraire de Don Juan II, roi de Castille. 2 vol. petit in-8°. 7 fr.

UICHERAT (J.). De la formation française des anciens noms de lieu, traité pratique suivi de remarques sur des noms de lieu fournis par divers documents. Pet. in-8°. 4 fr.

ECUEIL d'anciens textes bas-latins, provençaux et français, accompagnés de deux glossaires et publiés par P. Meyer. 1re partie : bas-latin, provençal. Gr. in-8°. 6 fr.

EVUE CRITIQUE d'histoire et de littérature, recueil hebdomadaire publié sous la direction de MM. C. de La Berge, M. Bréal, G. Monod, et G. Paris. — Prix d'abonnement: un an, Paris, 20 fr.; départements, 22 fr.

La huitième année est en cours de publication.

EVUE CELTIQUE, publiée, avec le concours des principaux savants français et étrangers, par M. H. Gaidoz. 4 livraisons d'environ 130 pages chacune. — Prix d'abonnement : Paris, 20 fr.; départements, 22 fr.; édition sur papier de Hollande : Paris, 40 fr.; départements, 44 fr.

Le deuxième volume est en cours de publication.

OMANIA, recueil trimestriel consacré à l'étude des langues et des littératures romanes, publié par MM. Paul Meyer et Gaston Paris. Chaque numéro se compose de 128 pages qui forment à la fin de l'année un vol. gr. in-8° de 512 p. — Prix d'abonnement : Paris, 15 fr.; départements, 18 fr.; édition sur papier de Hollande. Paris, 30 fr.; départements, 36 fr.

La quatrième année est en cours de publication.

EVUE DES LANGUES ROMANES. Recueil trimestriel, publié par la Société pour l'étude des langues romanes. Prix d'abonnement annuel, Paris et départements, 10 fr.

La sixième année est en cours de publication.

Aucune livraison de ces quatre recueils n'est vendue séparément.

Nogent-le-Rotrou, imprimerie de A. Gouverneur.

www.ingramcontent.com/pod-product-compliance
Ingram Content Group UK Ltd.
Pitfield, Milton Keynes, MK11 3LW, UK
UKHW012240240726
13966UKWH00003B/1193

9 782013 402101